RENÉ FREUND

Swinging Bells

GOLDMANN
Lesen erleben

Buch

Sandra und Thomas freuen sich auf ein Weihnachtsfest zu zweit. Mithilfe einer List haben sie geschafft, sich dieses Jahr den familiären Zwängen zu entziehen. Dumm nur, dass ausgerechnet heute das Pärchen vorbeikommt, das das inserierte Doppelbett gekauft hat und nun abholen will. Sandra hofft, dass die Sache schnell erledigt ist. Doch die Käufer, die sich als Leo und Elisabeth vorstellen und eine Flasche Prosecco mitgebracht haben, machen es sich erst mal auf dem Sofa gemütlich. Thomas will nicht unhöflich sein, aber irgendwann beschleicht ihn der Verdacht, dass hier irgendetwas gewaltig aus dem Ruder läuft …

Weitere Informationen zu René Freund
sowie zu lieferbaren Titeln des Autors
finden Sie am Ende des Buches.

René Freund

Swinging Bells

Roman

GOLDMANN

Dieses Buch ist auch als E-Book erhältlich.

MIX
Papier aus verantwortungsvollen Quellen
FSC® C014496

Penguin Random House Verlagsgruppe FSC® N001967

1. Auflage
Taschenbuchausgabe September 2021
Wilhelm Goldmann Verlag, München,
in der Penguin Random House Verlagsgruppe GmbH,
Neumarkter Str. 28, 81673 München
Lizenzausgabe mit Genehmigung des Paul Zsolnay Verlages

Umschlaggestaltung: UNO Werbeagentur, München,
nach einer Gestaltung Anzinger und Rasp, München
Umschlagmotiv: Lukas Milinger
mb · Herstellung: ik
Satz: KompetenzCenter GmbH, Mönchengladbach
Druck und Bindung: GGP Media GmbH, Pößneck
Printed in Germany
ISBN: 978-3-442-49161-2
www.goldmann-verlag.de

Besuchen Sie den Goldmann Verlag im Netz

Erster Teil

1

»Das werden die schönsten Weihnachten unseres Lebens«, sagte Sandra.

»Ganz sicher«, bekräftigte Thomas und hängte eine goldene Engelsfigur an den Christbaum. Eine Nordmanntanne hatten sie gekauft, eine lebende im Topf, natürlich aus biologischer Züchtung. Was sie nach Weihnachten mit dem Baum anfangen sollten, das hatten sie sich noch nicht überlegt. Notfalls mussten sie ihn einfach aussetzen, irgendwo in der Natur.

»Hast du gewusst, dass Christbaumschmuck eine symbolische Bedeutung hat?«, fragte Sandra.

Thomas hängte einen Apfel aus lackiertem Holz an ein Ästchen und sah Sandra fragend an.

»Der Apfel steht für das Paradies, für Fruchtbarkeit. In seiner perfekten runden Form erinnert er uns an das Göttliche.«

Thomas warf Sandra einen verspielten Blick zu. »Ah, ich verstehe«, sagte er und schloss seine Frau in die Arme. »Perfekt, runde Apfelform, göttlich, da fällt mir einiges ein.«

Sandra küsste ihn und nahm einen silbernen Stern zur Hand. »Sterne versinnbildlichen die Astrologie. Sie lassen uns auf ein gütiges Schicksal hoffen.«

Thomas bückte sich und holte eine goldene Nuss aus einem Karton, auf dem in großen Buchstaben Weihnachten stand. »Und die Nuss?«, fragte er.

»Die Nuss …« Sandra dachte kurz nach. »Nüsse sind schwer zu knacken. Sie stehen für das Geheimnis. Für das Rätselhafte, das Dunkle.«

Toll, dachte Thomas. Sollte bei Sandra so etwas wie Selbsterkenntnis eingesetzt haben? Ausgerechnet am Heiligen Abend? Aber zu diesem Thema würde er heute bestimmt nichts sagen.

»Dann hänge ich eine Glocke daneben«, entgegnete er. »Die Glocke symbolisiert das Helle, das Himmlische. Außerdem erinnert sie in ihrer perfekten runden Form an das Göttliche.«

Sandra lachte. »Du bist blöd«, sagte sie.

»Ich weiß«, sagte er.

Wie anstrengend waren all die vergangenen Weihnachten gewesen! Und wie alt muss man eigentlich werden, um Weihnachten endlich so feiern zu dürfen, wie man will? Vor allem, wenn man keine Kinder hat. Oder noch keine Kinder hat. Irgendwann würde das mit dem Nachwuchs schon gelingen, und dann könnten sie endlich der lästigen, vor allem bei Familienfesten standardmäßig gestellten Frage entgehen, wann es denn endlich so weit sei. Sandra war achtunddreißig Jahre alt, Thomas vierzig, ein wenig Zeit hatten sie wohl noch. Wenn auch nicht sehr viel.

Aber selbst wenn man schon seit acht Jahren verheiratet ist und seit fünfzehn Jahren zusammenlebt – irgendwie scheint es so zu sein, dass man kein Recht hat, selbst über Weihnachten zu bestimmen, solange man keine eigenen Kinder hat. Also hatten Sandra und Thomas den Heiligen Abend abwechselnd bei seinen Eltern oder mit ihrer Großfamilie verbracht. Sie hätten natürlich darauf bestehen können, Weihnachten in trauter Zweisamkeit zu feiern, aber sie waren gar nicht auf die Idee gekommen. Weihnachten ist ja das Fest der Familie, und ist man zu zweit eine Familie? Nicht so wirklich, jedenfalls in den Augen der anderen. Thomas' Eltern wohnten immerhin auch in Wien, da konnten sie nach dem offiziellen Festakt nachfeiern, nur für sich. Einen kleinen Baum hatten Thomas und Sandra noch jedes Jahr geschmückt, und auch die Krippe aus Wurzeln und Moos mit den handgeschnitzten Figuren durfte nicht fehlen.

Alle Jahre wieder kochte Thomas' Mutter Fischbeuschelsuppe, die eigentlich niemandem schmeckte, nicht einmal ihr selbst. Aber es war nun mal seit Generationen Tradition, am Heiligen Abend Fischbeuschelsuppe zu essen, diese trübe Brühe mit meist undefinierbaren und dadurch wenig vertrauenerweckenden Karpfen-Innereien. Danach gab es gebackenen Karpfen, den konnte vor allem Sandra nicht leiden. Manchmal kam auch Toms großer Bruder Rainer vorbei, jedes Mal mit einer anderen Freundin. Das stresste Thomas ziemlich, weil er sich an fremde Menschen nicht so leicht gewöhnen konnte. Zudem hatte sein Vater, der erfolgreiche Selfmademan und gestrenge Patriarch, nur noch Augen für Rainer, wenn dieser anwesend war. Schließlich hatte Thomas' großer Bruder alles richtig gemacht: Wirtschaft studiert, die Consulting-Firma übernommen und ausgebaut, eine Penthouse-Wohnung und einen Mercedes AMG gekauft. Er war auf der ganzen Welt unterwegs, und mit den Frauen, da hatte er es auch richtig gemacht: Nur keine Langeweile aufkommen lassen! Thomas fand Rainer reichlich protzig, und Rainer fand, dass Thomas ziemlich neidisch war. Aber was sollte man machen? Zu Weihnachten heißt es: friedlich sein! Um Gottes willen auf jeden Fall friedlich sein!! Wenn Rainer nicht da war, gelang das bei Toms Eltern ganz gut, so gut sogar, dass man sich vor lauter Frieden schon bald nichts mehr zu sagen hatte und den Fernseher einschaltete. Und obwohl zu Weihnachten meistens rührende und herzenswarme Filme gezeigt wurden, fröstelte Sandra doch, wenn das blaue Licht des riesigen Bildschirms den Salon der Jahrhundertwende-Villa flutete.

Lebhafter ging es bei Sandras Familie zu. Sandra stammte vom Land, Bezirk Scheibbs, gut anderthalb Autostunden von Wien entfernt. Ihre Großeltern mütterlicherseits waren noch richtige Bauern gewesen, mit einem riesigen Vierkanthof. Jetzt hielten sie nur mehr ein paar Hühner und zwei Esel, die Sandras Schwester vor dem Schlachten gerettet hatte. Sandras Eltern hatten die Landwirtschaft aufgegeben und etwas einträglichere Erwerbsquellen gefunden. Ihr Vater leitete eine große Tischlerei, ihre Mutter arbeitete als Lehrerin. Ein anstrengender Beruf, wenn man ihn ernst nimmt. Allerdings hatte sich Sandra von den drei großen Vorteilen überzeugen lassen und selbst Lehramt studiert: Der erste Vorteil bestand darin, dass man nicht gekündigt werden konnte, sofern man nicht eigenhändig ein Kind erwürgte, worauf man zwar gelegentlich Lust hatte, es aber doch unterließ. Die beiden anderen Vorteile hießen Juli und August.

Zu Weihnachten stieß auch Sandras Bruder mit seiner Frau und den vier Kindern zur Familienrunde. Thomas hatte in den ersten Jahren Schwierigkeiten, sich all die Namen zu merken. Auch mit dem etwas eigenwilligen Dialekt kam er nicht gut zurecht, zumal er als Germanist aus der Großstadt eigentlich gar nicht anders konnte, als nach der Schrift zu reden, was ihm anfänglich von Sandras Familie als Arroganz angelastet worden war. Außer von der Lippenstift-Oma aus der väterlichen Linie, die auch keinen Dialekt sprach. Aber mit der Zeit hatte sich die beiderseitige Distanziertheit ein wenig gebessert. So richtig wohl fühlte sich Thomas aber in Sandras Großfamilie nicht, und natürlich spürte Sandra das, was ebenfalls nicht zu ihrer Entspanntheit beitrug. Und noch dazu stritten alle. Das taten sie eigentlich immer, aber zu Weihnachten mit ganz besonderer Hingabe. Immerhin, es gab jedes Jahr Schnitzel mit Kartoffelsalat, das schmeckte wenigstens allen.

War man am Heiligen Abend bei Toms Eltern, verbrachte man den Christtag bei jenen von Sandra und umgekehrt. Das war so, seit sie zusammen waren, also seit gut fünfzehn Jahren. Einmal hatten Thomas und Sandra den Heiligen Abend sogar zuerst bei Sandras Familie und dann bei Thomas' Eltern gefeiert. Es gab also zwischen sechzehn und achtzehn Uhr eine Bescherung auf dem Land und eine weitere zwischen zwanzig und zweiundzwanzig Uhr in der Villa im Wiener Nobelbezirk Hietzing. Thomas und Sandra hatten versucht, es allen recht zu machen, was folgerichtig dazu geführt hatte, dass alle beleidigt waren. Der einzige Vorteil dieser Doppelfeier waren die geruhsamen Autofahrten auf leeren Straßen gewesen.

Heuer aber hatten Toms Eltern mit sehr schlechtem Gewissen – »Macht es euch sicher nichts aus, wenn wir nicht da sind?« – eine Kulturreise nach Vietnam gebucht. Und Sandra hatte ihren Eltern einfach nichts davon erzählt. Da würden sie am Christtag hinfahren, das musste reichen. Denn diesmal würden es ganz allein ihre Weihnachten sein! Die schönsten Weihnachten ihres Lebens!

2

»Hast du den Champagner?«, fragte Elisabeth.

»Es ist Prosecco«, antwortete Leo.

»Ich wusste ja, es war etwas Spanisches«, meinte Elisabeth.

»Italienisch«, gab Leo zurück.

»Aber du hast ihn?«

»Im Kofferraum.«

»Und die Kekse?«, wollte Elisabeth wissen.

»Welche Kekse?«

»Die Weihnachtskekse!«

»Die waren doch von vergangenem Jahr«, sagte Leo.

»Eben«, meinte Elisabeth.

Blöd, dass sie die Kekse vergessen hatten. Die waren zwar steinhart und trocken, allerdings waren sie das vor einem Jahr auch schon gewesen. Backen gehörte nicht zu Elisabeths Stärken.

Die beiden saßen schweigend in Leos Lieferwagen und konnten sich nicht dazu entschließen auszusteigen. Obwohl es sich beileibe nicht um ihr erstes Treffen mit einem anderen Paar handelte, war Leo nervös. Seit er neunundvierzig war, der Fünfziger also drohend nahte, beobachtete er mit Sorge seine erotische Leistungsfähigkeit, und wenn das andere Paar ihm vom Aussehen oder vom Niveau her nicht zusagte, konnte er schon ziemlich in Stress geraten. Immerhin, auf Elisabeths routinierte Zärtlichkeit konnte er sich verlassen. Auch schon etwas. Elisabeth wiederum wusste natürlich genau, dass Leo nervös war. Deshalb hatte sie Champagner zum Prosecco gesagt. So blöd war sie ja nicht. Ich bin nur blondiert, pflegte sie zu sagen. Aber wenn Leo etwas besser wusste als sie, gab ihm das Sicherheit.

Elisabeth hatte die Haare schon lange blondiert, woran die Geschichte mit Isabella schuld war. Isabella war ihre echt blonde Schulfreundin gewesen, von allen bewundert und beneidet, während Elisabeth sich mit ihrem mittelbraunen Lockenkopf sehr durchschnittlich gefunden hatte. Die beiden hatten auf dem Weg in die Sommerferien jeweils einen schweren Koffer über den Bahnsteig geschleppt. Elisabeth hob das sperrige Ding über die schmale Treppe in den Zug, schob es den Korridor entlang, wuchtete es auf die Gepäckablage, drehte sich erschöpft um – und was sah sie, als sie aus dem Fenster auf den Bahnsteig schaute? Die blonde Isabella klimperte mit den Wimpern, und aus allen Ecken sprangen hilfsbereite Kerle herbei und stritten sich förmlich darum, ihr den Koffer bis in die Gepäckablage des Abteils transportieren zu dürfen. In dem Augenblick hatte Elisabeth beschlossen, sich als etwas naive Blonde durchs Leben zu schlagen, und das war ihr dann ziemlich gut gelungen. Mittlerweile war das Blondieren ohnehin eine Notwendigkeit geworden, weil die grauen und weißen Haare überhandgenommen hatten, was ja mit zweiundfünfzig Jahren wenig verwunderlich ist. Aber wie eine alte Frau aussehen – das wollte Elisabeth nicht. Schon gar nicht, seit sie mit dem jüngeren Mann zusammen war. Leo, ihr Lottogewinn. Geschieden, Tochter aus dem Haus, gutsituiert. Niveauvoll, gutaussehend, einfühlsam, zärtlich, ein wunderbarer Küsser, ein großartiger Koch, Lottogewinn eben. Nur momentan wirkte er ein bisschen nervös.

Das lag vielleicht auch daran, dass sie gerade bei seiner Mutter Weihnachten gefeiert hatten. Elisabeth wusste nicht, was Leo nervöser machte, seine Mutter – oder wieder von seiner Mutter wegzufahren. Als Einzelkind war er zeitlebens der Mamasohn geblieben. Die Fürsorglichkeit, die Sorgen und Ängste seiner Mutter brachten ihn schnell auf die Palme. Andererseits liebte er sie abgöttisch. Immer, wenn sie von ihr wegfuhren, jammerte er, sie vielleicht zum letzten Mal gesehen zu haben. Wenn Elisabeth anmerkte, dass sie das jetzt schon seit drei Jahren hörte, reagierte er beleidigt.

»Na, wollen wir dann, mein Schatz?«, fragte Elisabeth.

»Von Wollen kann keine Rede sein«, antwortete Leo.

»Ach komm, es wird sicher nett. Niveauvolles junges Paar, komm schon. Partnertausch bei Sympathie möglich. Aber wir sind ja zu nichts verpflichtet.

Wenn sie uns nicht gefallen, trinken wir ein Glas Wein und gehen einfach wieder.«

Leo seufzte und öffnete die Autotür.

»Und das Spiel«, sagte Elisabeth, »das Spiel nehmen wir auch mit.«

»Natürlich«, brummte Leo, »den Sprudel und das Spiel.«

3

»Verdammt!«, rief Sandra plötzlich aus der Küche.

»Was ist das für ein Wort am Heiligen Abend?«, fragte Thomas.

»Ich wollte doch als Nachspeise eine Zabaglione machen«, sagte sie. »Und jetzt sehe ich, wir haben kein Ei mehr. Kein einziges!«

»Entspann dich, Sandra. Zabaglione ist doch ohnehin ziemlich retro, findest du nicht?«

»Ebendeshalb wollte ich ja eine machen.«

»Und wir haben gesagt, keine Völlerei zu Weihnachten.«

»Stimmt, wir wollen heuer ein runterreduziertes Weihnachten«, sagte Sandra.

»Es heißt reduziert«, antwortete Thomas. »Re- heißt schon runter. Runterreduziert ist ein Pleonasmus.«

»Nur weil du Germanist bist, lass ich mir von dir nicht alles aufoktroyieren«, antwortete Sandra.

»Es heißt oktroyieren, weil ...« Thomas führte den Satz nicht zu Ende, weil er das breite Grinsen in Sandras Gesicht sah. Erwischt.

»Ich will aber Zabaglione. Du hast doch auch deinen asiatisch interpretierten Wintersalat vorbereitet.«

»Leider mit dem falschen Salat«, brummte Thomas.

»Ich weiß, ich habe keinen Bio-Salat bekommen«, antwortete Sandra.

»Du hast konventionellen Salat gekauft«, seufzte Thomas.

»Konventionellen, ja. Es tut mir leid. Deine Pastetchen und Blätterteigtaschen sind auch konventionell.«

»Aber mit Bio-Eiern gemacht«, sagte Thomas.

»Deshalb haben wir auch keine mehr«, knurrte Sandra.

Sie musste sich bemühen, jetzt nicht sarkastisch zu werden. Es war Weihnachten. Sie musste friedlich bleiben. Aber eigentlich hasste sie Weihnachten. Sie fühlte sich nicht gut. Obwohl sie normalerweise kein Problem damit hatte, eine ganze Tafel Schokolade zu vertilgen, litt sie bereits seit Mitte Dezember an Völlegefühl und Sodbrennen, nur aus Angst vor der Weihnachtsvöllerei. Und ihr Herz, das beobachtete sie misstrauisch. Es schlug so … leicht daneben? Mal ein paar Takte viel zu schnell und dann gar nicht … Manchmal hatte sie den Eindruck, dass es minutenlang überhaupt nicht schlug. Mit einer zwanghaften Regelmäßigkeit horchte sie in sich hinein, was es natürlich nicht besser machte. Ebenso wenig wie die Tatsache, dass sie wusste, wie ihre Skepsis gegen Weihnachten entstanden war, nämlich durch die kindliche Angst vor dem Weihnachtsstreit. Traditionell war an diesem Abend alles herausgekommen, was das ganze Jahr über in der Luft gelegen hatte. In Sandras Kindheit waren auch noch ihre Tanten und die Schwieger-Großeltern mit allen Cousins und Cousinen gekommen. Gefreut hatte sie sich nur darüber, die Mutter ihres Vaters zu sehen, die Lippenstift-Oma. So hatte eine von Sandras Freundinnen sie einst getauft, denn Lippenstift sah man in Scheibbs-Umgebung selten. Die Lippenstift-Oma sprach Hochdeutsch, strahlte eine gewisse Erhabenheit aus, und wenn sie im Laufe eines Gesprächs oder einer Diskussion »Na gut« sagte, dann wussten alle, dass das Thema nun erledigt war. Jedenfalls für sie.

Doch die originelle, geradezu exotische Lippenstift-Oma blieb der einzige Lichtblick in Sandras Weihnachtswelt. Ihr Vater war gereizt und brüllte seine Schwestern an; die Großeltern sprachen kein Wort miteinander; die Cousins aßen schon am Nachmittag den Christbaum leer; die Mutter-Oma nörgelte, weil die Mutter den Kartoffelsalat falsch gemacht und den Tisch nicht schön gedeckt hatte; der Vater erklärte, er werde nächstes Jahr dem anderen Opa ganz sicher das Geld zurückzahlen, und danach brüllte er wieder seine Schwestern an; weil Mama in der Küche schluchzte, sagte Oma, es wäre nicht so schlimm, wenn die Panade vom Fleisch falle; man könne Fleisch und Panade ja auch getrennt essen; dem Bruder hingegen fiel der ganze Kartoffelsalat hinunter; der Hund fraß ihn in weniger als einer Minute auf und kotzte dann gemeinsam mit den Cousins unter den Christbaum.

Deshalb, genau deshalb fühlte Sandra sich am 24. Dezember nicht wohl. Und genau deshalb war sie gerade ein bisschen allergisch darauf, in welcher Art und Weise Thomas dieses »Du hast konventionellen Salat gekauft« gesagt hatte. Mit spitzem Mund und gespielter Gelassenheit, die bei Sandra aber als Verachtung ankam. Als Ablehnung. Nicht nur des tödlich giftigen konventionellen Pestizidsalats, sondern ihrer Person. Aber vielleicht empfand sie das auch nur so, weil Weihnachten war. Sie musste jetzt einlenken. Und sich um die Eier kümmern.

»Ich fahr schnell los und kauf welche«, sagte Sandra.

»Wo willst du am Heiligen Abend Eier kaufen?«, fragte Thomas.

»Bei der Tankstelle mit dem Shop.«

»Die hat heute offen?«

»Die hat immer offen.«

»Okay«, sagte Thomas. »Dann fahre ich schnell los.«

»Warum du?«, fragte Sandra.

»Erstens, weil ich ein Mann bin.«

»Hui«, sagte Sandra.

»Ja, du lachst, aber ich finde, ich komme mit der Doppelbelastung ganz gut zurecht.«

»Mit welcher Doppelbelastung?«

»Einem Leben als Mann und Mensch.«

»Ach so.«

»Zweitens, weil ich es war, der die Eier aufgebraucht hat. Und drittens, weil du inzwischen endlich die Ingwer-Kokos-Kürbissuppe fertig machen könntest.«

»Triftige Gründe«, meinte Sandra. »Übrigens kommen ja auch noch die Leute von Werwillwas wegen dem Bett.«

»Wegen des Betts. Die hatte ich natürlich ganz vergessen.«

Dabei hatte sich Thomas ziemlich aufgeregt, dass Leute ausgerechnet am Heiligen Abend das Doppelbett abholen wollten, noch dazu »gegen 19.00 Uhr«. Andererseits war das Bett jetzt schon so lange inseriert, und es stand in Thomas' Schlafzimmer im Weg, seit Thomas und Sandra sich je ein Bio-Vollholzbett gekauft hatten. Einzel. Die Käufer wohnten ein paar Häuser weiter in derselben Anlage, und Elisabeth hatte beim Hin- und Hermailen mit ihnen erfahren, dass sie Weihnachten zuerst woanders feierten, danach erst würden sie das Doppelbett holen können, das sozusagen ihr gemeinschaftliches Weihnachtsgeschenk an sie selbst war ... Thomas hatte letztendlich zugestimmt. Hauptsache, das Ding war endlich aus dem Weg. Sein Bruder hätte das Bett zwar einfach weggeworfen beziehungsweise wegwerfen lassen, aber zweihundert Euro warf man nicht weg, auch, wenn es einfacher gewesen wäre. Und angenehmer. Und cooler. Aber genug jetzt. Heute: Fröhliche Weihnachtsstimmung!

Auf dem Weg zur Tür drehte sich Thomas noch einmal um. Dramatisch umarmte er seine Frau. »Schaffst du das ohne mich?«

»Ich weiß noch nicht«, gab Sandra mit piepsender Stimme zurück. »Wie lange bist du denn weg?«

»Fünfzehn«, sagte Thomas.

»Oh nein!«, stöhnte Sandra.

»Oh doch! Fünfzehn ganze Minuten!«

»Dann küss mich noch einmal zum Abschied!«

Das tat Thomas, bevor er sich auf den Weg machte.

4

Elisabeth hängte sich bei Leo ein, als sie über den schmalen Weg gingen. Insgesamt acht Wohnhäuser befanden sich in der parkähnlichen Anlage. Eines sah aus wie das andere: vier Stockwerke, Terrassen mit Holzverkleidung, viel Glas und Beton. »Individuelle Wohnträume«, so heißt es meistens, wenn alles gleich aussieht.

»Hier muss es sein«, sagte Leo.

»Schick«, antwortete Elisabeth.

»Das müssen bessere Leute sein«, meinte Leo.

»Wie deine Mutter sagen würde«, fügte Elisabeth hinzu. »Wir müssen hier nach links. Haus 8, Top 2.«

»War es nicht Haus 2, Top 8?«, fragte Leo.

»Nein, sicher 8/2.«

»Haben sie keine Namen gesagt?«

»Jedenfalls nicht ihre echten. Ich nehme an, dass sie nicht Mumu07 und MisterXX an die Türglocke geschrieben haben.«

Elisabeth, die sich dieser Dinge gerne annahm, hatte die beiden auf einer Internetplattform für Swinger und aufgeschlossene Paare kennengelernt. Das heißt, kennengelernt hatte sie sie nicht, weil Mumu07 und MisterXX weder ihre Namen noch

Fotos ihrer Gesichter preisgeben wollten. Das sprach dafür, dass sie sich in der Szene auskannten. Sie behaupteten zwar von sich, Anfänger zu sein, aber das taten viele, das sah dann irgendwie unschuldig aus. Immerhin, was Elisabeth sonst an Fotos zu sehen bekommen hatte, schien ihr durchaus ansprechend. Auch das Hin- und Herschreiben im Chat mit MisterXX war richtig lustig gewesen. Vor allem hatte er weder Grammatik- noch Rechtschreibfehler gemacht. Das fand Elisabeth wahnsinnig wichtig. Wenn ihr einer schrieb, »ich habe Lust an deine Nippel zum saugen bis du zum Ohrgasmus komst«, dann verging ihr jegliche Lust sofort.

Als sie sich nun dem Haus näherten, verspürte Elisabeth wie immer vor diesen Treffen ein nervöses Kribbeln im ganzen Körper.

»Ich weiß nicht«, sagte Leo. »Es freut mich heute nicht wirklich. Oder wirklich nicht.«

»Wir waren gerade drei Stunden bei deiner Mutter. Danach bist du immer ein bisschen angespannt.«

»Wer weiß, ob ich sie noch einmal sehe ...«

Elisabeth seufzte. Als sie vor dem Haus angekommen waren, zündete sie sich eine Zigarette an.

»Also ich habe nur eine Sorge«, sagte sie. »Nämlich, dass ich dort nicht rauchen darf.«

»Dann wirst du eben auf dem Balkon rauchen.«

»Dann werden sie glauben, ich bin eine Süchtige.«

»Du bist eine Süchtige.«

»Sie sehen gut aus«, sagte Elisabeth. »Jedenfalls ihre Körper. Und sie haben Niveau.«

»Sicher, in der Gegend«, sagte Leo. »Aber … Ich weiß nicht … Es ist Weihnachten!«

»Eben, Leo. Und wir wollten zu Weihnachten mal etwas anderes machen. Hmh, du hast es doch auch lustig gefunden. Happy XXmas …«

Ein junger Mann öffnete die Haustür und trat ins Freie.

»Frohe Weihnachten«, sagte Elisabeth.

»Eier«, murmelte der Mann. »Eier!«

Leo kicherte. Als Elisabeth ihre Zigarette zu Ende geraucht hatte, drückte sie kurz entschlossen den Klingelknopf von Top 2.

5

Als die Glocke läutete, dachte Sandra, dass Thomas wohl seinen Schlüssel vergessen hatte. Sie ging zur Tür, drückte den Knopf, um den Hauseingang zu öffnen, und machte die Wohnungstür auf. Sie eilte in die Küche zurück zu ihrer Ingwer-Kokos-Kürbissuppe. Wenig später wunderte sie sich, als es zaghaft an der halb geöffneten Küchentür klopfte. Sie drehte sich um und erschrak zu Tode. Da standen zwei wildfremde Menschen. Sie stieß unwillkürlich einen Schrei aus.

»Entschuldige bitte«, sagte Elisabeth, »aber es war offen, und wir dachten …«

»Entschuldigung, dass ich so erschrocken bin«, sagte Sandra. »Sie kommen wegen des Doppelbetts, nicht wahr?«

»Sozusagen«, sagte Leo, griff in die Einkaufstasche und überreichte Sandra die Flasche Prosecco, »aber wir wollen nicht gleich mit der Tür ins Haus fallen.« Sandra nahm die Flasche und ging ins Wohnzimmer, um nachzusehen, ob Thomas zurückgekommen war. Nichts. Die Eingangstür war geschlossen.

»Sie sieht wirklich nicht schlecht aus«, flüsterte Leo Elisabeth zu. »Ein bisschen nervös zwar, aber sie wird schon auftauen.« Sie folgten ihrer Gastgeberin ins Wohnzimmer.

»Hallo, ich bin Leo«, sagte Leo und schüttelte Sandra die Hand.

»Und ich bin Elisabeth«, fügte Elisabeth hinzu.

»Sandra«, sagte Sandra geistesabwesend.

»Entschuldigung, können wir …«, murmelte Leo, als er den Garderobenhaken sah. Er half Elisabeth aus dem Mantel, zog seine Jacke aus, hängte beides auf und rieb sich die Hände.

»Gemütlich hier. Und ein wunderschöner Christbaum!«

»Sollen wir die Schuhe ausziehen?«, fragte Elisabeth.

»Ich glaube nicht, dass das nötig sein wird, denn Sie werden nicht lange bleiben, nehme ich an … Es ist schließlich Weihnachten und …«

»Ach, wir werden schon sehen«, sagte Leo. »Ich muss sagen, du siehst wirklich ganz bezaubernd aus.«

»Danke«, sagte Sandra. Ihr fiel absolut nicht ein, was sie sonst hätte sagen können.

»Und so jung«, fügte Leo hinzu. »Viele schummeln ja bei ihrem Alter.«

»Wie meinen Sie das?«, fragte Sandra.

»Ich finde, wir sollten du sagen«, sagte Elisabeth. »Haben wir beim Chatten ja auch gemacht.«

»Beim Chatten?«, fragte Sandra verwirrt. »Ach so, als wir uns geschrieben haben …« Eigentlich hatte sie keine Erinnerung daran, mit den Bettkäufern per du gewesen zu sein. Aber egal.

»Ach, ich dachte, da warst du auch dabei. Dann hat das wohl nur dein Mann gemacht.«

»Mein Mann hat was?«, fragte Sandra.

Elisabeth und Leo warfen einander einen Blick zu. Entweder hatte ihr Mann das alles hinter Sandras Rücken organisiert, oder sie spielte hier aus irgendeinem Grund die Naive. Oder es gab den Mann gar nicht. Das schien aber nicht sehr wahrscheinlich, denn Single-Frauen deklarieren sich meistens als solche.

»Wo ist er denn eigentlich, dein Mann?«, fragte Elisabeth.

»Er wird jeden Augenblick hier sein«, antwortete Sandra.

Leo nahm Sandra die Flasche Prosecco aus der Hand. Sie ließ es geschehen.

»Ich möchte nicht unverschämt sein«, sagte Leo, während er die Flasche öffnete, »aber wir könnten ja inzwischen einen Schluck trinken.«

Also gut, dann würde man eben noch einen Schluck trinken, dachte Sandra, Thomas würde ohnehin gleich zurückkommen, dann könnte man anstoßen, das Bett hinuntertragen und Weihnachten feiern. Zu zweit.

»Ein Schlückchen ist oft mal ganz gut für die Lockerheit«, meinte Elisabeth.

»Freilich«, sagte Sandra. Freilich war ein Wort aus ihrer Heimat. In der Stadt sagten die Menschen natürlich. Bei ihr auf dem Land sagten sie freilich. Genau genommen: Freili. Natürlich kam ihr die ganze Situation hier nicht vor, aber freilich, sie würde sich jetzt keine Blöße geben, und dieser Leo war zwar ein bisschen direkt, aber recht charmant. Sie nahm vier Sektgläser aus dem Wohnzimmerschrank.

»Bitte, nehmt doch Platz«, sagte sie und zeigte auf das Sofa. Wenn schon, denn schon. Sie stellte die Gläser auf den Sofatisch, der ihr ganzer Stolz war, stammte er doch von einem wahnsinnig teuren Naturmöbelhaus, ein schlichter Traum aus Holz und Glas. »Schenken Sie schon mal ein. Ich bin gleich wieder da. Ich hole uns nur ein paar Knabbereien.«

Leo schenkte ein. »Ein raffiniertes Luder«, flüsterte er Elisabeth zu.

»Ich weiß nicht«, flüsterte sie zurück, »also entweder, sie spielt sehr gut, oder sie weiß wirklich nichts.«

»Wir werden es herausfinden«, meinte Leo. »Ich hab jetzt Spaß an der Sache gefunden.«

»Ah, sie gefällt dir?«, fragte Elisabeth zufrieden. Leo nickte.

In der Küche griff Sandra zu ihrem Telefon und rief Thomas an. Sie hörte sein Handy im Wohnzimmer läuten. Okay … dann eben Knabbereien. Sie schüttete Pistazien in eine Schale, Wasabi-Nüsse in eine andere und kehrte ins Wohnzimmer zurück. Sie setzte sich den beiden Fremden gegenüber auf das Sofa und hob ihr Glas. »Also dann: Prost!«

Elisabeth und Leo hoben ebenfalls ihre Gläser und stießen mit Sandra an.

»Prost«, sagte Leo.

»Frohe Weihnachten«, sagte Elisabeth.

Um keine Stille aufkommen zu lassen, lobte Elisabeth noch einmal die gediegene Einrichtung der Wohnung, die schönen, dezenten Farben des Teppichs, die mit jenen der Vorhänge harmonierten, die große Bücherwand, die Gemütlichkeit ausstrahlte, und vor allem den wunderschönen Sofatisch. Das gefiel Sandra. Diese Elisabeth war eine Frau mit dem Blick für das Wesentliche.

»Die Wohnung ist eher klein«, sagte Sandra. »Es gibt dieses Wohnzimmer und nebenan eine Küche mit kleinem Essplatz. Eigentlich essen wir immer in der Küche, weil es am praktischsten und am angenehmsten ist.«

»Wir auch«, erzählte Elisabeth. »Ach, es geht doch nichts über ein Glas Wein und ein Stück Käse mit ein paar Oliven, am Küchentisch verzehrt.«

»Bad und WC sind rechts vom Eingang. Das Bad ist wirklich schön, man kann in der Wanne liegen und ins Grüne schauen. Und von dort geht es dann auch zu den Schlafzimmern.«

Wieder wechselten Leo und Elisabeth einen vielsagenden Blick. Dass Sandra jetzt schon von Schlafzimmern redete: Das war immerhin ein gutes Zeichen. Nein, so schnell würden sie die Sache hier nicht aufgeben!

»Ihr habt zwei Schlafzimmer?«, fragte Leo.

»Ja. Ich muss ziemlich früh aufstehen, und mein Mann ist flexibler, er ist auch oft im Ausland unterwegs und kann es sich einteilen. Drum haben wir seit einiger Zeit getrennte Schlafzimmer.« Sandra wunderte sich, warum sie wildfremden Menschen diese intimen Dinge erzählte. Immerhin hatte sie dabei gelogen, denn die getrennten Schlafzimmer hatten sie noch nicht so lange. Genau genommen erst, seit Thomas zu schnarchen begonnen hatte. Also seit er Leiter der Abteilung Sachbuch war. Ach ja, und seit sie deutlich weniger Sex miteinander hatten. Und das hatte auch seine Gründe ... Aber das alles ging die beiden Fremden wirklich nichts an. Wie auch immer, bald würden sie ohnehin ins Schlafzimmer kommen. »Wollt ihr das Bett nicht sehen?«, fragte sie.

»Das hat noch ein bisschen Zeit«, meinte Leo.

»Für Einrichtung hast du jedenfalls ein gutes Händchen«, sagte Elisabeth.

»Danke«, sagte Sandra.

»Apropos«, fügte Leo hinzu, »du hast wahnsinnig schöne Hände.«

»Meine Hände?«, fragte Sandra. Im Gegensatz zu Elisabeth trug sie nur einen einzigen Ring, hatte die Nägel weder professionell manikürt noch lackiert, was sollte also mit ihren Händen sein?

»Sie sind sehr natürlich, und die Form ist sehr elegant ... die schmalen Finger ... und der kräftige Venushügel ... am Daumengelenk ... Aber bei aller Schönheit, es sind Hände, die auch arbeiten können. Hände mit Charakter.«

»Was Sie alles wissen!«, sagte Sandra und lachte. Ihre etwas schmalen, aber ebenmäßigen Lippen waren schon gelobt worden. Ihre glatten, glänzenden kastanienbraunen Haare. Ihre grün-grauen Augen, die manchmal einen Bernsteinschimmer hatten. Ihr Hintern war schon gepriesen worden, jedenfalls früher, als er noch etwas straffer gewesen war, und natürlich auch ihre apfelförmigen – oder zunehmend glockenförmigen? – Brüste … Aber über ihre Hände hatte noch nie jemand so nett geredet wie dieser Leo. Und jetzt schenkte er ihr Prosecco nach, richtig aufmerksam. Was der wohl beruflich macht, fragte sich Sandra. Er redet auch schön. Nach der Schrift, so hatte man das bei ihr auf dem Land genannt. Nach der Schrift konnte sie mittlerweile auch ganz gut reden, nur wenn sie wütend wurde oder wenn sie Thomas ihre Träume erzählte, glitt sie zurück in die Sprache ihrer Kindheit.

Die Glocke läutete.

»Oh, das muss Thomas sein«, sagte Sandra.

»Thomas also«, sagte Elisabeth.

Sandra ging zum Eingangsbereich, drückte den Knopf, um unten zu öffnen, machte die Tür auf und setzte sich wieder zu den anderen. Atemlos trat Thomas ins Wohnzimmer. Als er die beiden Fremden sah, die sich – offensichtlich bester Laune – mit seiner Frau unterhielten, blieb er verwundert stehen.

»Ich … ich … ich …«

»Ja?«

»Ich hab Eier«, sagte Thomas.

»Sehr gut«, sagte Elisabeth.

6

Ein paar Augenblicke lang herrschte Schweigen im Wohnzimmer. Thomas sah zwischen Sandra und den beiden Gästen hin und her. Elisabeth und Leo sahen zwischen Sandra und Thomas hin und her.

»Stichwort Doppelbett«, sagte Sandra.

»Aber natürlich!« Thomas atmete erleichtert auf. »Das hatte ich ganz vergessen! Aber Sie kommen mir bekannt vor ... Kennen wir uns?«

»Nein«, sagte Leo. »Das liegt sozusagen in der Natur der Sache.«

Thomas sah die beiden an. Irgendwie kamen sie ihm doch bekannt vor. Das liegt in der Natur der Sache ... Das war ein Allgemeinplatz. Nichts, was er einem Autor durchgehen lassen würde.

»Irgendwo habe ich Sie schon einmal gesehen«, sagte Thomas, an die beiden Fremden gerichtet, die in seinem Wohnzimmer saßen.

»Das sind Elisabeth und Leo«, unterbrach Sandra.

»Guten Abend«, sagte Thomas. Hätte er doch bloß nicht zugestimmt, dass Leute am Heiligen Abend kommen, um das Bett zu holen! Jetzt saßen sie hier und hatten es sich offensichtlich gemütlich gemacht.

»Frohe Weihnachten«, antworteten Leo und Elisabeth gleichzeitig.

»Tja, ja, es heißt doch: Öffnet mir die Türen, nicht wahr? Schön jedenfalls, dass ihr da wart.« Thomas zwinkerte den beiden zu. Sandra fand, es wirkte eher verstört als jovial.

»Wollen wir dann?«, fragte sie.

Leo und Elisabeth sahen einander an. Die ging aber ran! Eine kleine Anlaufzeit wäre doch ganz fein. Und dieser Thomas musste sich auch erst mal ein bisschen entspannen.

»Ach, wir können in Ruhe austrinken«, meinte Leo.

»Alles zu seiner Zeit«, fügte Elisabeth verschmitzt hinzu.

»Okay«, sagte Thomas. »Ich bring die Eier in die Küche und hol mir was zu trinken. Etwas Stärkeres.«

Er verschwand in der Küche und kam mit einer Flasche zurück. Er lächelte verlegen, so wie Leo und Elisabeth. Aber ja, irgendwo hatte er die beiden schon gesehen. Egal, man würde einen Schluck trinken, die zwei würden gehen, und dann konnte die Feier beginnen.

»Noch jemand einen Jack Daniel's?«

»Danke nein«, sagte Leo. »Ich denke, wir fangen lieber mal vorsichtig an.«

Soso, dachte Thomas. Sie fangen vorsichtig an. Heißt das, sie wollen unvorsichtig aufhören? Das klang so, als hätten sie vor, einen längeren Abend hier zu verbringen. Warum hatte Sandra die beiden eingeladen und nicht gleich mitsamt dem Bett wieder hinauskomplimentiert?

Elisabeth lächelte. »Wir kennen uns von unten«, sagte sie.

»Von unten?« Sandra verstand gar nichts mehr.

»Vom Rauchen. Unten vor der Tür. Als ich fertig war, kam dein Mann vorbei.«

»Ah«, gab Thomas von sich und trank erleichtert sein Glas leer. Daher kannte er also die beiden. Er musterte sie. Diese Elisabeth war zwar um einiges älter als Sandra, sogar um einiges älter als er selbst, aber unattraktiv fand er sie nicht. Und unsympathisch auch nicht. Ganz im Gegenteil. Er würde sich also jetzt noch einen Drink genehmigen und einfach ein bisschen entspannen, bis die beiden mit dem Bett abziehen würden. Als er sich allerdings dazusetzen wollte, sprang Sandra auf, nahm Thomas ziemlich unwirsch bei der Hand, murmelte etwas von »sind gleich wieder da« und zog ihn in die Küche. Thomas klammerte sich zwar an sein Glas, doch Widerstand war zwecklos.

7

Sandra schloss die Küchentür, wobei sie sich keinesfalls bemühte, leise zu sein. Ganz im Gegenteil.

»Was wird das?«, fragte sie. »Was machen wir jetzt?«

»Ich weiß nicht«, antwortete Thomas wahrheitsgemäß.

»Du musst sie rauswerfen«, sagte Sandra.

»Das hab ich schon.«

»Davon hab ich nichts bemerkt!«

»Ich habe gesagt: Schön, dass ihr da wart«, entgegnete Thomas. »Viel deutlicher geht es nicht.«

»Ich meine rauswerfen!«

»Mit den Händen?«

»Egal wie.«

»So etwas kann ich nicht. Hat mir meine Mama nicht beigebracht.«

»Willst du sie einladen, mit uns Weihnachten zu feiern und deine Pastetchen zu essen?«

»Unsympathisch sind sie ja nicht.«

»Thomas!«

»Entspann dich, sie werden eh gleich gehen. Und du warst es ja, die sie eingeladen hat, Platz zu nehmen und etwas zu trinken.«

Da hatte Thomas allerdings recht, dachte Sandra. Wie war das bloß passiert? Sie wusste es nicht mehr.

»Wie ist das eigentlich passiert?«, wollte Thomas wissen.

»Ich weiß es nicht mehr«, antwortete Sandra, ein wenig kleinlauter. »Sie saßen plötzlich da. Ich weiß aber, ich will nicht mit zwei Fremden Weihnachten feiern, und ich will auch nicht, dass sie auf unseren Sofa sitzen und unsere Pastetchen aufessen!«

»Nicht so laut!«, beschwichtigte Thomas. »Und es heißt auf unserem Sofa, nicht auf unseren Sofa.«

Sandra überhörte das seufzend und nahm Thomas bei den Händen: »Thomas. Wir wollten ein unvergessliches Weihnachtsfest feiern. Ein Weihnachten ohne Panik. Das heißt, Weihnachten ohne Geschenke. Weihnachten ohne Vater, Mutter, Schwiegervater, Schwiegermutter, Cousins, Cousinen und Geschwister, Weihnachten ohne Champagnerstress, ohne Fischbeuschelsuppe, ohne trockene Weihnachtskekse, ohne Smalltalk, ohne Verzweiflungstrunkenheit, ohne digitalisierte Sängerknaben, ohne die Frage, wann endlich unsere Kinderlein kommen, ohne Konsum, ohne Familie, ohne Völlerei. Und jetzt sitzen wir mit zwei Fremden hier, die es sich auf unserem Sofa gemütlich gemacht haben und mit der größten Selbstverständlichkeit Prosecco trinken! Und keine Anstalten machen, ihr Doppelbett zu nehmen und zu verschwinden! Willst du vielleicht die Bescherung mit ihnen machen?«

»Du hast also ein Geschenk?«, fragte Thomas.

»Du doch auch«, entgegnete Sandra.

»Weil ich wusste, dass du dich sicher nicht an die Abmachung hältst!«

»Weil ich dein Geschenk längst in der Sockenlade gefunden habe, wo du immer alles versteckst.«

Thomas zuckte zusammen. Das war allerdings ein Treffer. Er überlegte, was er alles im Lauf der Jahre im hinteren Teil seiner Sockenlade versteckt hatte. Zum Glück nichts Schlimmes. Wahrscheinlich. Naja, eine DVD war vor langer Zeit mal dabei gewesen, die hatte er aber nicht gekauft, ehrlich nicht, die hatte er im Bus gefunden. Sie hieß »Heiße Schenkel Teil 2«, und er hatte sie weder besonders oft angesehen, noch hatte er sich Teil 1 besorgt. Und das Ganze war vor Ewigkeiten geschehen, in der mittleren Steinzeit, damals, als Computer noch DVD-Laufwerke hatten.

»Du kennst den hinteren Teil meiner Sockenlade?«, fragte er.

»Ja«, sagte Sandra trocken.

Thomas entschied sich für einen Themenwechsel, obwohl das andere Thema auch nicht gerade frei von Fallstricken und Tücken war. »Ich habe Hunger«, sagte er. »Lass uns jetzt ein paar Pastetchen mit ihnen essen. Es sind höfliche Leute, und sicher gehen sie bald.«

Sandra sah ihn ungläubig an. Das mit der Sockenlade wollte sie jetzt nicht dramatisieren. Auch sie hatte ihre Geheimnisse … und nicht alle davon waren so harmlos. Also lieber mal still sein und nicht an Dinge denken, die das Gewissen belasten könnten. Das hatte am Heiligen Abend auch gar keinen Sinn, denn geschehen ist geschehen. Was aber war mit Thomas los? Mit Thomas, der sonst alles hasste, was irgendwie nicht geplant oder überraschend war, der sich von allem bedrängt fühlte, was er nicht kontrollieren konnte? Natürlich war ihr nicht entgangen, dass ihm diese Elisabeth gefallen hatte. Das Alter spielte da offensichtlich gar keine Rolle, Hauptsache, sie war blond und hatte große Brüste! Aber gut, wenn er meinte … dann würde man eben noch eine Kleinigkeit mit den beiden essen. Sandra atmete durch. Eine halbe Stunde, dann würde alles im Lot sein. Nach allem, was im vergangenen Jahr passiert war, würde sie das auch noch durchstehen und jetzt versuchen, ganz brav zu sein! Der Weihnachtsfrieden war doch das Wichtigste.

8

Leo rückte näher zu Elisabeth und nahm sie liebevoll in den Arm, als ihre Gastgeber, die das offensichtlich gar nicht sein wollten, in der Küche verschwanden und dort laut wurden. Er drückte ihr einen Kuss auf die Wange.

»Ach, lass uns gehen«, flüsterte er. »Ich glaube, das wird hier nichts mehr.«

»Immer diese Anfänger«, seufzte Elisabeth.

»Ich weiß nicht, ob ich Lust habe, noch mehr emotionale Ausbrüche mitzuerleben.«

»Du bist doch sonst auch ein Voyeur.«

Leo gab Elisabeth noch einen Kuss, diesmal auf den Mund. Wie liebte er ihre Schlagfertigkeit und ihren Witz! Er streichelte sie am Rand ihres Dekolletés. Das mochte sie. Das würde sie umstimmen.

»Komm«, brummte er, »wir machen uns einen schönen Abend zu Hause, Schatz, okay? Und vorher fahren wir noch mal kurz bei Mama vorbei.« Mist, dachte er sogleich, den Zusatz hätte er sich sparen können.

»Geben wir ihnen noch eine halbe Stunde«, sagte Elisabeth und küsste Leo. »Bitte. Ich glaube, das könnte ein spannender Abend werden. Dieser

Thomas – ist interessiert. Und interessant ist er auch. Wenn auch irgendwie ungreifbar. Und Sandra … Sie hat dir doch gefallen, nicht? So ganz habe ich die Hoffnung noch nicht aufgegeben. Und sich jetzt einfach so rauswerfen zu lassen, das ist doch unter unserem Niveau.«

»Da hast du recht«, bestätigte Leo. Und dann schmusten sie sehr zärtlich auf dem Sofa und neben dem Weihnachtsbaum von Sandra und Thomas, bis die aus der Küche zurückkamen.

9

»Sehr gut, diese Blätterteigdings«, lobte Elisabeth, als sie versuchte, einen Bissen zu nehmen, ohne Krümel in ihrem Gesicht oder auf dem Boden zu verteilen, was ihr nicht wirklich gelang.

»Das sind Pastetchen«, sagte Sandra. »Die Spezialität von Thomas.« Sandra und Thomas hatten sich auf den Fauteuils gegenüber dem Sofa niedergelassen. Elisabeth nickte Thomas anerkennend zu. Eigentlich mochte sie keinen Blätterteig. Sie mochte gar nichts, was sich mit Fett vollsog. Und Speisen, die einem naturgemäß zur Hälfte wieder aus dem Mund fallen, mochte sie schon gar nicht.

»Sehr gut«, lobte auch Leo schmatzend.

»Aber den Blätterteig machst du nicht selbst, oder?«, fragte sie, um kein Schweigen aufkommen zu lassen. Wenn sich einmal Schweigen in einer Runde breitmacht, dann kann es so dominant werden, dass es jedes weitere Wort, ja sogar den Gedanken an Worte blockiert. Also lieber versuchen, immer ein Gespräch am Plätschern zu halten, auch wenn es noch so banal ist. Die interessanten Dinge würden schon kommen.

»Natürlich mache ich den Blätterteig selbst«,

nahm Thomas den Ball auf. »Man braucht ja nur Mehl, Butter, Salz und Wasser zu vermischen, das ist keine Hexerei. Ich verwende übrigens Dinkelmehl.«

»Bio-Dinkelmehl«, fügte Sandra hinzu und hoffte, dass Thomas das nicht als Spitze verstanden hatte. Der Weihnachtsfrieden!

»Ich gebe einen Eidotter dazu, aber das muss gar nicht sein«, ergänzte Thomas. »In der Fülle sind auch Eier, damit sie schön zusammenhält. Außerdem Hühnerfleisch, Champignons, Erbsen und viele Gewürze. Nun ja, leider sind uns dann die Eier für die Nachspeise ausgegangen. Sandra macht eine Zabaglione.«

»Oh, köstlich«, sagte Leo.

Sandra und Thomas wechselten einen Blick. Was meinte er damit? Hieß das, die Bettkäufer rechneten damit, bis zur Nachspeise zu bleiben?

»Das Schwierigste ist eigentlich, den Teig auszurollen«, setzte Thomas nach. »Eine Geduldsprobe. Aber ich hab solche Bastelarbeiten eigentlich ganz gerne. Ich habe recht geschickte Hände.«

»Oh«, sagte Elisabeth und lächelte Thomas an. Der lächelte zurück.

Sandra sah ihn verwundert von der Seite an. Was war mit Thomas los? Warum grinste er jetzt blöd und hatte die Gelegenheit nicht ergriffen, etwas zu sagen? Etwas in der Art: »Ja, aber die Zabaglione werdet ihr sicher nicht kosten, geschweige denn essen, denn bis die serviert wird, seid ihr schon lange wieder weg.« Nun ja, ein bisschen höflicher könnte man es vielleicht formulieren. Aber jetzt war es ohnehin zu spät. Sandra bemühte sich um einen Themenwechsel. Thomas würde sonst noch stundenlang über Kochen und Essen plaudern.

»Und, wie war die Weihnachtsfeier vorher? Ihr habt ja geschrieben, ihr wart irgendwo … bevor ihr dann selbst feiern wollt, nicht wahr?« Ein Versuch, dachte Sandra, immerhin ein höflicher Versuch. Eine Erinnerung quasi, dass die beiden sicher bald gehen wollten, um selbst Weihnachten zu feiern.

»Wir waren bei meiner Mutter«, sagte Leo.

»Da seid ihr aber früh wieder weg«, merkte Sandra an.

»Ja, vielleicht schauen wir noch einmal bei ihr vorbei.«

»Sie würde sich sicher sehr freuen!«, rief Sandra mit übertriebener Begeisterung aus.

»Sie war ganz im Gegenteil schon sehr müde«, sagte Elisabeth. »Und eigentlich heilfroh, dass wir gegangen sind. Ich möchte nicht unhöflich sein, aber könnte ich vielleicht noch ein Gläschen haben?«

Der Prosecco war leer, bemerkte Sandra. Lass dir jetzt irgendetwas einfallen, Thomas, bitte! Normalerweise würde man ja in so einer Situation aufspringen und die nächste Flasche holen. Aber eben nur normalerweise. Nicht, wenn man die Gäste, die sich selbst eingeladen hatten, eigentlich loswerden wollte. Aber konnte man sie einfach rauswerfen? Sandra fiel eine Seminararbeit ein, die sie im ersten Semester an der Uni geschrieben hatte. Der Titel lautete:

»Gesellschaftliche Konventionen in der Ambivalenz von sozialer Bindung und individueller Einschränkung«. Darin hatte sie die nicht ganz neue These untermauert, dass gesellschaftliche Konventionen wie Einhaltung von Regeln, gutes Benehmen oder Höflichkeit ein sehr starker Kitt sind. Die Konventionen sind sogar ein Teil unserer Persönlichkeit geworden, so sehr, dass sie andere Teile unserer Persönlichkeit, die auf Freiheit oder Liebe oder Sex aus sind, regelrecht unterdrücken. Der Freiheitsdrang in Sandra hätte die beiden am liebsten hinausgeworfen, aber sie schaffte es einfach nicht. Und sie wusste, auch Thomas war zu gut erzogen dafür. Der würde es auch nicht schaffen. Außerdem – er hatte ja noch etwas zu trinken. Die Whiskeyflasche stand vor ihm. Sie musste irgendeinen anderen Versuch starten.

»Schaut euch doch wenigstens mal unser Bett an«, sagte Sandra.

»Leo ist sich noch nicht ganz sicher«, antwortete Elisabeth.

»Ach so?« Jetzt war Sandra irritiert. »Ihr habt doch gesagt, ihr seid euch sicher, dass ihr es wollt.«

»Schon«, erklärte Elisabeth, »aber ein bisschen gegenseitiges Beschnuppern vorher ist doch auch ganz schön.«

Sandra hob ratlos die Schultern. Warum man sich vor dem Abholen eines Betts beschnuppern musste, das leuchtete ihr nicht ein.

»Ich glaube, Leo würde es in der Entscheidung

sehr positiv beeinflussen, wenn wir noch ein bisschen plaudern und etwas trinken.«

»Ach ja, trinken wir noch ein Schlückchen, und dann schauen wir, was alles möglich ist«, bestätigte Leo jovial.

Thomas war bereits aufgestanden. Okay, dachte er, ich muss jetzt auf etwas Leichteres umsteigen. Der Whiskey war ihm schon ganz schön zu Kopf gestiegen. Warum es so eine schwierige Entscheidung war, aufzustehen und sich ein Doppelbett anzusehen, verstand er zwar nicht. Doch wenn es half – eine Flasche Wein sollten die beiden noch bekommen. Aber dann war endgültig Schluss.

»Wie wäre es zum Abschluss mit einem Gläschen Sauvignon blanc?«, fragte er. »Aber dann machen wir Nägel mit Köpfen, okay?«

Elisabeth kicherte: »Also dafür, dass ihr vorher so zögerlich wart, geht ihr jetzt ganz schön ran!«

»Oder seid ihr nervös und wollt es einfach nur hinter euch bringen? Wir können uns gerne noch Zeit lassen!«, fügte Leo hinzu.

»Aber nein!«, rief Sandra aus, während sie Weingläser aus dem Schrank holte. Zuerst Proseccogläser, dann Weingläser … Und wer wird das alles putzen?, fragte sie sich. Das war die klassische Frage ihrer Mutter gewesen. Wenn sie als Kind verschmutzt vom Spielplatz heimgekommen war; wenn der triefnasse Hund durchs Wohnzimmer gelaufen war; wenn ihr Bruder Freunde eingeladen und gekocht hatte – immer diese Frage: Und wer wird das putzen? Sie aber stellte jetzt eine andere Frage: »Warum sollten wir es nicht hinter uns bringen wollen? Wir warten ja schon ziemlich lange darauf!«

»Ach ja?«, fragte Leo nach.

»Das Inserat haben wir vor Monaten aufgegeben, nicht wahr? Thomas?« Sandra sah Thomas an, der den Wein einschenkte. Warum ignorierte er alles?

»Vor Monaten«, bestätigte Thomas, »wir können es kaum erwarten.«

»Und da haben sich nicht viele Leute gemeldet?«, fragte Elisabeth.

»Nein«, sagte Thomas, »das Übliche ... Leute, die zuerst schreiben und dann nie kommen, andere, die so tun, als würden sie sich wahnsinnig interessieren, und dann hört man nie wieder etwas von ihnen ...«

»Ach ja, das Übliche«, seufzte Leo.

»Dabei habt ihr einiges zu bieten!«, insistierte Elisabeth.

»Na ja«, gab sich Thomas bescheiden. »Kingsize, flexibel, hart und sanft zugleich, sehr stabil, perfekt für Paare.« Er hob sein Glas. »Na dann, Prost! Auf dass wir bald zum eigentlichen Zweck des Abends kommen können!«

Das gefiel Sandra. Überdeutlich war Thomas zwar nicht geworden, aber immerhin hatte er ein bisschen Initiative gezeigt. Leo und Elisabeth lächelten einander fragend an.

10

Thomas sah mit einer gewissen Beunruhigung, dass Leo die Pastetchen zwar nicht schnell, aber sehr konsequent in sich hineinaß. Er hätte nicht alle auf den Tisch stellen sollen! Denn eigentlich waren die ja das Weihnachtsessen. Das »runterreduzierte«, wie Sandra sagen würde. Davor wollten sie die Ingwer-Kokos-Kürbissuppe essen. Und dann die Pastetchen mit dem asiatisch interpretierten Salat. Es war zwar der falsche Salat, und ja, er legte eben Wert auf Bio-Salat, auch wenn Sandra sich darüber lustig machte. Er hatte im Verlag gerade das Buch »Unser täglich Gift« herausgebracht. Ein Agrarökologe hatte das Sachbuch geschrieben. Es handelte von Pestiziden, die in allen Böden, in allen Lebensmitteln, in jedem Wein nachweisbar waren, und zwar in schwindelerregenden Mengen. Buchstäblich schwindelerregenden Mengen, denn die Giftstoffe schwächen das Kreislaufsystem und die Nerven. Deshalb bedeuteten ihm biologische Lebensmittel einfach viel – die enthielten nämlich, von wegen Bio-Lüge, tatsächlich keine gefährlichen Rückstände. Und unter anderem deshalb war er auch immer noch verstimmt, weil Sandra ihn nicht ernst nahm. Nachdem sie den

Dokumentarfilm über Hühnerfleisch gesehen hatten, mit den Tötungsmaschinen, auf denen die zappelnden Tiere aufgehängt und dann geköpft, gerupft und zerschnitten werden, um in Styroportassen zu landen, und mit den Bildern von den männlichen Küken, die zuerst vergast und dann geschreddert werden, hatte Sandra zumindest ein paar Monate lang kein Fleisch aus Massentierhaltung gekauft.

Aber sie vergaß schnell. Die Umwelt, andere und auch sich selbst, wie er wusste, seit er ihre E-Mails gelesen hatte. Nein, stolz war er nicht darauf, ganz im Gegenteil, aber er war praktisch dazu eingeladen worden. Er sah Sandra an, wie sie mit etwas zusammengekniffenen Lippen an ihrem Glas nippte. Schmerz durchströmte ihn, oder so etwas Ähnliches, eine dunkle Wolke, die sich vom Herzen aus ausbreitete, zuerst Richtung Kopf, und von dort aus vernebelte sie alles. Vor allem die Gefühle. Er sah zu Leo und Elisabeth, die freundlich lächelten. Nein, heute würde er nichts sagen. Heute galt: Weihnachtsfrieden! Er nahm sein Glas und schluckte dessen Inhalt auf einmal hinunter.

Dennoch wusste Thomas, irgendwann würde er die Sprache darauf bringen müssen. Ach, die Sprache darauf bringen, auch wieder so ein Klischee. Er dachte an die zehn goldenen Regeln des Autors ... Denk dir keine Sätze, die das Prädikat zerteilen, aus. Meide das Klischee wie der Teufel das Weihwasser, denn es ist ein alter Hut. Vergleiche sind viel schlimmer als Klischees. Am schlimmsten sind Superlative.

Und so weiter … Aber trotzdem würde er die Sprache darauf bringen müssen. Er war meistens geduldig. Er konnte besserwisserisch sein, aber echte Konflikte vermied er gern. Gäbe es eine Weltmeisterschaft in Konfliktvermeidung, würde er genau genommen zu den Titelanwärtern gehören. Aber irgendwann musste Schluss sein …

Ja, er war ein Mann, und ja, er hatte auch schon andere Frauen angeschaut. Aber eben nur angeschaut. Thomas war treu. Seine Freunde vermittelten ihm, dass es sich bei dieser Treue um einen Defekt handelte. Sie waren, was Beziehungen betrifft, so ganz anders als er selbst. P. zum Beispiel hatte, während er eigentlich auf einen Anruf von seiner Frau aus dem Kreißsaal wartete, sein Handy im Suff in einem Puff verloren. Schöne Assonanz, unschöne Geschichte. Sein ältester Schulfreund R. hatte sich im Lauf der Jahre überhaupt durch alles »durchgepudert«, wie er sagte, was bei drei nicht auf einen Baum geflüchtet war. Seinen Erzählungen nach war seine Erfolgsquote hoch. »Du brauchst es nur zu versuchen«, sagte er gerne zu Thomas, »mehr als eine Abfuhr kannst du dir nicht holen.«

Aber Thomas wollte es gar nicht versuchen, was die meisten seiner Freunde nicht begriffen. Etwas beschämt und verunsichert sagte Thomas dann oft, er wäre einfach zu faul, noch eine Frau zu erobern, oder es wäre ihm zu anstrengend, zwei Beziehungen nebeneinander laufen zu haben. Aber das war gelogen. Thomas war einfach gerne treu. So etwas Altmodisches und Seltsames traute er sich nicht offen zu sagen. Seine Freunde sahen ihn ja ohnehin schon an wie einen Alien. »Sie betrügt dich doch sicher auch«, sagten sie gerne. »Na und? Wenn schon?« Mehr fiel ihm dazu nicht ein. Aber gut, ja, er würde einiges aufs Tapet bringen. Aufs Tapet. Nein, das war schlechter als die Sprache darauf bringen. Er würde mit ihr darüber reden. Ja. Je einfacher, desto besser. Aber nicht heute. Nicht zu Weihnachten. Oder an Weihnachten. Als Abteilungsleiter und Cheflektor eines österreichischen Verlags vertrat er die Ansicht, »zu Weihnachten« würde man auch in Brandenburg, Bremen und Nordfriesland verstehen, also müsse man nicht unbedingt »an Weihnachten« schreiben. Allerdings hatte er bei »die« statt »das Mail« schon Konzessionen gemacht, und wenn in einem Roman der Held eine Eierspeis verzehrte und einen G'spritzten trank, dann änderte Thomas das zwar nicht in Rührei und Schorle, aber er fragte beim Autor nach, ob der Protagonist nicht ein Spiegelei und ein Bier zu sich nehmen könnte, das verstand man zwischen Rostock, Zürich und Wiener Neustadt. Und das würde auch Udo einsehen müssen, nicht wahr, Sandra?!

Aber heute war Weihnachtsfrieden! Und vielleicht war es gar nicht so schlecht, wenn diese beiden Menschen noch ein wenig hier saßen, dann würde sein immer wieder aufpoppender Groll auf Sandra sich ebenso wie sein Schmerz in Alkoholdunst auflösen. Und wenn die beiden weg waren, würden sie ganz in Ruhe und entspannt die schönsten Weihnachten ihres Lebens feiern. So, wie es aussah, allerdings ohne Weihnachtsessen, denn Leo nahm gerade das nächste Pastetchen zu sich, während er von seiner Mutter erzählte. Bei ihr wäre eine beginnende Demenz festgestellt worden, und eigentlich sollte er jede freie Minute bei ihr verbringen, solange sie ihn überhaupt noch erkannte. Andererseits, je mehr Zeit er bei ihr verbrachte, desto mehr Zeit forderte sie auch ein, und das mache ihn wiederum nervös, denn so viel Zeit habe er nicht. Elisabeth seufzte.

»Was machen Sie denn beruflich?«, fragte Thomas, dem das Mutterthema ein bisschen langweilig war. Er schafft es nicht, mit dem Duzen, dachte Elisabeth. Irgendetwas stimmte mit den beiden nicht. Was bloß? Sie konnte sich auf vieles keinen Reim machen. Was wollten die beiden wirklich? Was wollte sie und was Leo? Sie würde die Sache hier bald aufklären und auf den Punkt bringen. Sie spürte den Wein und musste aufs Klo. Und irgendwie glaubte sie jetzt doch nicht mehr an einen interessanten Abend. Leo wollte ohnehin nicht wirklich, vielleicht sollten sie ganz einfach gehen, statt endlos um den heißen Brei herumzureden. Damit, schwor sich Elisabeth und nahm noch einen ermutigenden Schluck Wein, würde sie demnächst Schluss machen.

»Ich habe einen Onlineshop«, antwortete Leo. »Ein kleiner Zweimannbetrieb, aber wir waren so ziemlich die ersten und sind gut eingeführt.«

»Onlineshop?«, fragte Sandra zerstreut nach.

»Wo man im Internet was kaufen kann«, erklärte

Elisabeth, aber das wusste sogar Sandra, obwohl sie in technischen Dingen sehr unbedarft war. Zum Glück kümmerte sich Thomas bei ihnen um den ganzen Kram wie Mailaccounts, Handypasswörter und so weiter.

Thomas trank sein Glas aus und schenkte allen nach. So kontrolliert er auch sonst war, wenn er einmal mit dem Trinken begonnen hatte, konnte er ein ziemliches Tempo vorlegen, und da sollten die anderen gefälligst mithalten, damit er nicht allein dastand.

»Onlineshop, das ist ein weites Land«, schmunzelte er und freute sich, dass er wohl der Einzige war, der die Anspielung auf Arthur Schnitzler verstand.

»Wir haben eigentlich alles«, erklärte Leo. »Gummizeug, Karabiner, Stahlschnüre … Rollen, Posen, Nymphen … Drop Shots aus Gummi in Glitzer oder Perlmutt, der transparente hat jetzt ziemlich angezogen … Schnüre, Bleigewichte und Spiralen … Ruten natürlich in allen Längen und Größen.«

»Um Gottes willen«, sagte Sandra und nahm einen großen Schluck Wein.

»So ein Sexshop?«, fragte Thomas nach. Das fand er doch recht originell. »Spezialgebiet Sadomaso?«

Leo lachte. »Angelzubehör. Aber ich erzähle es bei unseren Treffen gerne ein bisschen missverständlich.«

»Ich bin kein Angler«, sagte Thomas.

»Ich auch nicht«, sagte Leo. »Aber mein Partner. Er hat das Knowhow für das Zubehör, ich habe eine kaufmännische Schule besucht, wir ergänzen uns prächtig.«

»Und was machen Sie?«, wollte Thomas von Elisabeth wissen.

»Ich? Ich arbeite bei der Müllabfuhr. Also für einen Abfallentsorgungsbetrieb. Im Büro.«

»Also haben wir es Ihnen zu verdanken, dass unsere Mülltonnen entleert werden?«

»Sozusagen.«

»Ich bin Religionslehrerin«, warf Sandra ein. Besser sie sagte es selbst, sonst würde sie sich später darüber kränken, dass sich niemand für sie interessierte. Sie merkte, dass ihre Zunge ziemlich unkontrolliert im Mund herumtorkelte. Aber gelallt, nein, gelallt hatte sie nicht. Ein Schluck Wein noch, das konnte beim Nüchternwerden helfen.

»Religionslehrerin?«, fragte Leo staunend nach. »Das ist uns, glaube ich, noch nie untergekommen, oder, Schatz?«

»Ist ja wirklich geil«, kicherte Elisabeth. Jetzt würde sie es mal ein bisschen direkter angehen. Aber indirekt direkt. Sie würde nicht einfach fragen, was denn jetzt sei mit dem Swingertreffen. Nein, nicht so direkt. Aber irgendetwas Provokantes sollte es schon werden. Etwas Indiskretes. Etwas, was man normalerweise bei einem Weihnachtsabendessen nicht fragt. Sie überlegte kurz, dann fiel ihr etwas passend Unpassendes ein.

»Bist du untenrum ganz rasiert?«, fragte sie und sah Sandra an.

Thomas hielt den Kopf schief. Hatte er richtig gehört? Was waren das nur für zwei seltsame Vögel? Würde er »seltsame Vögel« einem Autor durchgehen lassen? Normalerweise schon. Bei Udo würde er eventuell ein bisschen strenger sein.

»Ich habe auch Kekse«, sagte Sandra, ging zur Kommode und stellte einen Teller auf den Tisch.

»Leo mag es gern ganz nackt untenrum«, sagte Elisabeth. »Ich finde einen Landungsstreifen okay. Ich kann dir ein tolles Studio sagen, das Brasilian Waxing kostet siebzig, aber dafür hast du drei Wochen Ruhe.«

»Ich hab das Rezept von meiner Mutter«, sagte Sandra. Nur nicht lallen jetzt. Rezept war schon ganz gut rausgekommen. Ein L am Anfang war aber schwer. Volle Konzentration. »Für die Lebkuchen.« Lebkuchen. Geschafft!

Sandra war Meisterin im Themenwechsel. Das warf Thomas ihr jedenfalls immer wieder vor. Ihre Meisterschaft bestand darin, dass sie in einer Runde plötzlich etwas sagte, was mit allem vorher Gesagten nicht das Geringste zu tun hatte, womit sie die anderen immer wieder vor den Kopf stieß. Absichtlich machte sie das nicht, es war eher eine Art Zerstreutheit. Desinteresse auch nicht. Was war es bloß? Manchmal hatte Sandra den Eindruck, der Mensch, den sie am schlechtesten kannte, war sie selbst. Thomas dagegen wusste immer alles. Er machte immer alles richtig. Er war unfehlbar, in der Küche, im Haushalt, beim Autofahren, in der Gesprächsführung, bei politischen Ansichten und in der deutschen

Sprache sowieso. Aber heute war Weihnachtsfrieden und ganz sicher nicht der richtige Tag, ein gewisses Unwohlsein oder Ungleichgewicht in der Beziehung anzusprechen. Deshalb die Lebkuchen. Angenehme Nebeneffekte konnten darin bestehen, dass sie nicht über ihren Intimbereich Auskunft geben musste und dass die beiden wenigstens ein paar Pastetchen übrig lassen würden.

»Mein Vater hat immer zu meiner Mutter gesagt, das sind deine berühmten Lebkuchen«, sagte Sandra. »Also berühmt klingt jetzt vielleicht ein bisschen … Ich bin vom Land, wisst ihr? Na ja, ich verwende jedenfalls das Rezept meiner Mutter. Habt ihr gewusst, dass Lebkuchen auch eine Bedeutung haben? Das ist nicht einfach nur ein Keks, da ist jede Menge Symbolik dahinter. Deshalb heißt er ja auch Leb-Kuchen.«

»Es ist etymologisch nicht gesichert, dass das Leb- von Lebkuchen sich vom Leben ableitet«, warf Thomas ein. Sandra tat sehr erfolgreich so, als hätte sie ihn nicht gehört.

»Früher«, erzählte sie weiter, »da gab es ja nur Kerzenlicht und Lagerfeuer und so, und um nicht zu frieren und krank zu werden, haben sich die Menschen mit besonderen Gewürzen verwöhnt, Zimt zum Beispiel wärmt den Körper, sagen die Chinesen, oder waren es die Inder? Und Nelke ist total antiseptisch, da werdet ihr nicht krank, keine Vogelgrippe, keine Schweinegrippe, soll sogar bei Syphilis und anderen Geschlechtskrankheiten wirken …«

Leo und Elisabeth sahen Sandra irritiert an.

»Entschuldigung«, fuhr diese unbeirrt fort, »jedenfalls schützt die Nelke den gesamten Org… Organismus. Habt ihr auch solche Schwierigkeiten, Organismus zu sagen?«

»Oh ja«, sagte Elisabeth, »mir rutscht immer Orgasmus über die Lippen.« Sandra schob ihr den Teller mit den Lebkuchen hin. Elisabeth evaluierte anhand des Aussehens den Härtegrad des Backwerks und beschloss, nicht zu kosten. Da könnte sie ja gleich ihre eigenen Kekse essen. Das andere Zeug auf dem Teller sah aus wie getrockneter Schleim, davon wollte sie schon gar nichts nehmen.

»Probier mal«, insistierte Sandra, »ist fein, nicht? Bisschen trocken vielleicht, aber das gehört dazu. Der Lebkuchen unserer Ahnen musste haltbar sein, und deshalb soll ein richtiger Lebkuchen ein bisschen trocken sein. Und hier – das ist mein Quittengelee! Ist echt eine Heidenarbeit! Ich nehme mir jedes Weihnachten vor, Sandra, nächstes Jahr, da wirst du kein Quittengelee machen, allein schon, die Quitten zu bekommen! Und schneiden, aufkochen, erkalten lassen, wieder heiß machen, das volle Programm, aber Quitten sind etwas sehr Seltenes und Altes und auch sehr gut für den Or-ga-nis-mus, sie enthalten mehr Vitamin C als Kiwis, wusstet ihr das?«

»Ich denke, wir werden bald gehen«, sagte Leo und sah Elisabeth an. Er konnte sich des Eindrucks nicht erwehren, dass Sandra sich schön langsam in eine Art Nervenzusammenbruch hineinquatschte. »Also, trinken wir ein Glas, frohe Weihnachten und alles, und dann sagen wir tschüss, bevor ihr uns rauswerft.«

»Keine Sorge. Niemand wird handgreiflich werden«, sagte Thomas.

»Schade«, bemerkte Elisabeth. »Darauf waren wir doch eigentlich aus, nicht wahr?« Sie lachte, allerdings als Einzige. Sie spürte, dass sie immer dringender aufs Klo musste, was ihre Ungeduld zusätzlich steigerte. Jetzt musste endgültig Klartext geredet werden.

Thomas verstand die Bemerkung nicht wirklich. Genau genommen verstand er schon ziemlich lange nicht mehr, was hier abging. »Was hier abging« würde er jedenfalls in keinem Prosawerk durchgehen lassen. Thomas fühlte sich wahnsinnig müde und ziemlich betrunken, und im Grunde genommen war es ihm mittlerweile sehr recht, nicht mit Sandra allein sein zu müssen. Wer weiß, was da jetzt alles aus ihm herauskommen würde.

»Mumu07 und MisterXX …«, sagte Elisabeth und lächelte freundlich. Sandra und Thomas lächelten auch, aber verständnislos.

»Also, mit wem von euch habe ich jetzt gechattet?«, wollte Elisabeth wissen.

»Gewas?«, fragte Thomas.

»Tu nicht so«, antwortete Sandra. »Im Internet mit anderen kommunizieren, auf Foren plaudern. Chatten heißt plaudern, Scha-atz.«

Thomas ignorierte Sandra und sah stattdessen Elisabeth fragend an. Er war kein großer Chatter, auf Twitter suchte man ihn vergebens, auf Facebook sah er nur alle paar Tage mal vorbei. Umso rätselhafter schien ihm, was Elisabeth gesagt hatte.

»Das Doppelbett?«, fragte er.

»Langsam nervt ihr ein bisschen mit dem Doppelbett«, sagte Elisabeth.

»Ihr seid gut«, gab Sandra zurück, »ihr wollt das Bett seit einer Stunde nicht mitnehmen, und jetzt sind wir es, die nerven? Wir?«

»Das hat alles Sandra ausgemacht, mit dem Bett«, sagte Thomas.

»Aber du hast mit ihnen gechattet? Hinter meinem Rücken?«, fragte Sandra und sah Thomas giftig von der Seite an. Sie mochte sich in diesem Augenblick selbst nicht besonders. Sie spürte, dass sie kleine rote, glasige Augen hatte. Mein Gott, was war bloß passiert? Thomas sah sie abwartend an. »Entspann dich, Sandra«, sagte er.

»Also irgendwer von euch hat uns eure Vorlieben mitgeteilt. Oralsex, Kuscheln, aber auch leichte Dominanz und bei Sympathie Partnertausch. Und die Fotos, die ihr online stehen habt, sehen auch nicht schlecht aus.«

»Können wir diese Fotos vielleicht mal sehen?«, fragte Thomas, halb spöttisch, halb interessiert.

Elisabeth sah Leo auffordernd an. Er besaß das bessere Handy. Leo holte es hervor und sagte: »Oh, Mama hat angerufen. Entschuldigt mich mal kurz.«

Er stand auf und ging Richtung Küche, aus der man ihn bald darauf telefonieren hörte. Elisabeth holte ihr eigenes Mobiltelefon hervor und öffnete die Seite.

»Hier«, sagte sie und hielt Thomas und Sandra das Handy hin. Die standen beide auf und stießen beinahe mit den Köpfen zusammen, als sie auf das Display sahen. »Mumu07 und MisterXX …«

»Komm.com«, murmelte Thomas. »Origineller Name.«

»Ist das beste Forum für Swinger«, meinte Elisabeth.

»Also Mumu07 sieht Sandra ein bisschen ähnlich«, sagte Thomas. »Hast du dich jetzt ganz rasiert?«, fragte er nach.

»Das weißt du nicht?«, fragte Elisabeth.

»Thomas!«, rief Sandra aus.

Das konnte Sandra gut, dieses »Thomas!«. Ein bisschen hatte sie Tonfall und Lautstärke von Thomas' Mutter abgekupfert, was es für Thomas natürlich nicht leichter machte. Mit diesem kleinen Aufschrei konnte sie jede Menge Informationen übermitteln – Thomas, ich muss mit dir reden, Thomas, mach mir nichts vor, Thomas, ich bin stinkwütend, Thomas, ich glaub dir kein Wort.

Mit Sandra allein wollte Thomas jetzt sicher nicht bleiben. Nicht, wenn sie diese Laune hatte. »Darf ich mal?«, fragte er und wischte über das Display.

Sandra lachte auf, obwohl ihr nicht danach zumute war. »Das ist doch alles widerlich!«, rief sie empört.

»Es gibt widerlichere Dinge«, entgegnete Thomas.

»So, gibt es die?«, fragte Sandra.

»Ja, die gibt es«, antwortete er.

So genau wollte es Sandra jetzt aber nicht wissen, und deshalb sagte sie: »Das ist jedenfalls nicht Thomas, weil das ist definitiv nicht der Schwanz von Thomas. Oh mein Gott!«

Leo kam aus der Küche zurück. »Alles okay«, sagte er. »Mama geht es gut. Ich hab ihr das Versprechen abgenommen, dass sie den Adventkranz nicht noch mal anzündet. Sie wollte sich nur für den netten Abend bedanken.«

»Sie hat den Adventkranz angezündet?«, fragte Thomas.

»Die Kerzen ... die Kerzen auf dem Adventkranz«, antwortete Leo. »Ich hätte ihr das ganze Ding einfach wegnehmen sollen!«

»Verdammt«, sagte Elisabeth, die das Handy weggezogen und etwas anderes nachgesehen hatte. »Wir sind falsch. Scheiße, Scheiße! Du hattest recht, es war Haus 2, Top 8, und nicht 8, Top 2. Oh mein Gott!«

»Irgendwie ist der Abend aus dem Ruder gerannt«, stellte Sandra fest.

»Er ist aus dem Ruder gelaufen«, gab Thomas zurück. »Es heißt aus dem Ruder laufen.«

»Wir werden dann gehen, glaube ich«, sagte Leo.

»Ihr geht jetzt sicher nicht«, sagte Thomas. »Ihr habt uns das hier eingebrockt, jetzt werdet ihr es auch mit uns aussitzen.«

»Was haben wir euch eingebrockt?«, fragte Elisabeth.

»Diese ganze Stimmung«, schrie Thomas. »Diese Scheißstimmung.«

»Thomas, was ist mit dir los?«, fragte Sandra.

»Entspann dich«, antwortete der, aber es klang nicht sehr beruhigend.

»Ich hasse Dramen«, brummte Leo. »Vor allem zu Weihnachten.«

»Vielleicht«, fragte Sandra, »bleibt ihr doch noch ein bisschen hier, bis wir uns alle eingekriegt haben?«

»Ich muss aufs Klo«, sagte Elisabeth. »Und dann will ich eine rauchen.«

11

Sandra war in die Küche gegangen. Wenn sie ein ungutes Gefühl hatte, wenn jemand sie beleidigte, wenn sie Angst hatte oder traurig war, wurde sie still. So viel sie auch sonst reden konnte, da wurde sie ganz still. Sie kannte das, sie wusste auch, dass es einen Defekt oder zumindest keine Tugend darstellte, denn nur durch Passivität und Schweigen löst man keine Konflikte. Es sei denn, man wäre Chinese, dachte Sandra, während sie die Dose mit der Kokosmilch öffnete, denn die Chinesen sitzen ja angeblich am Flussufer und warten darauf, dass die Leichen ihrer Feinde vorbeischwimmen. Allerdings wusste Sandra weder, ob es genügend Flussuferplätze für alle Chinesen gab, noch, auf wessen Leiche sie warten sollte, denn feindlich gestimmt fühlte sie sich nicht. Sie war nur verwirrt und aufgeregt, gleichzeitig müde und ziemlich betrunken.

Thomas durfte die Dose nicht sehen, er würde sonst bestimmt wieder schimpfen, warum sie eine Dose genommen hatte und kein Glas. Denn in der Dose ist innen eine Plastikbeschichtung, und diese Plastikbeschichtung gibt Weichmacher ab, weißt du, Sandra, sogenannte Bisirgendwas, und die beeinflussen den Hormonspiegel, und da sollte man aufpassen. Überhaupt, Sandra, wenn man schon zwei Fehlgeburten gehabt hat.

Sandra fühlte, dass sie ihre Unterlippe vorschob, während sie im Topf rührte. Thomas nannte das »Kamellippchen«. Er fand es sehr süß. Er sagte, sie sehe dann aus wie ein kleines Mädchen. Das konnte durchaus sein, denn Sandra schob die Unterlippe meistens dann vor, wenn sie sich wie ein kleines Mädchen fühlte – hilflos, verloren, alleingelassen. Aber Suppe kochen, das tröstete sie. Eines nach dem anderen machen. Jungzwiebel schneiden. Das vertrieb auch die Gedanken. Was sollte das werden mit diesem Abend? Thomas richtete Elisabeth gerade ein kleines Plätzchen auf der Terrasse ein, damit sie bequem rauchen konnte, ohne allzu sehr zu frieren. Dosen und Plastikflaschen führten zwar direkt in den gesundheitlichen Weltuntergang – aber geraucht hatte Thomas ganz ordentlich. Vor einem halben Jahr aber, an seinem vierzigsten Geburtstag, hatte er aufgehört.

Thomas kam in die Küche. Er roch nach frischer Luft.

»Warum weinst du?«, fragte er.

Sandra zeigte auf das Brett.

»Lass nur«, sagte Thomas. »Ich schneide weiter.«

Sandra machte sich daran, die Ingwerwurzel zu schälen. Sollte sie etwas sagen oder still bleiben? Heute war Weihnachten. Und der Weihnachtsfrieden brauchte vielleicht ihre Mithilfe. Doch es war stärker als sie. »Mir ist aber auch ohne Zwiebel zum Heulen zumute«, sagte Sandra.

Gut, dachte Thomas, nun ist ihr eben auch ohne Zwiebeln zum Heulen zumute. Zwiebeln heißt es übrigens, das ist der korrekte Plural von Zwiebel.

Aber das ließ Thomas unerwähnt. Und warum Sandra zum Heulen zumute war, wusste er eigentlich auch. Ganz einfach, weil ihr perfekter Weihnachtsabend jetzt schon den Bach runtergegangen war. Weihnachten und Bach runter, diese Metapher würde er eher nicht durchgehen lassen. Eigentlich war ihm auch zum Heulen zumute. Und er wusste auch ganz genau, warum.

12

Thomas also hatte Elisabeth einen Platz zum Rauchen auf der Terrasse gerichtet. Er hatte ein Kissen auf den eingewinterten Korbsessel gelegt und ihr eine Decke gegeben, den Aschenbecher bereitgestellt und sogar die Kerze in der Laterne angezündet.

»Warum machst du das alles?«, fragte Elisabeth. Sie fühlte sich wahnsinnig erleichtert. Pipimachen, wenn es schon ganz dringend ist, gehörte doch zu den schönsten Dingen des Lebens. Und erst Rauchen! Bedächtig zündete sie sich ihre Zigarette an.

»Ich habe Angst«, sagte Thomas.

»Wir wollten eigentlich gehen«, bemerkte Leo.

Aber Thomas wollte nicht, dass die beiden jetzt gingen. Sandra kam ihm ziemlich verwirrt vor, und ehrlich betrachtet, er selbst war es auch.

»Wenn ihr uns jetzt allein lasst«, begann Thomas ... Und wusste nicht weiter. »Ich weiß nicht, ich hab ein ungutes Gefühl.«

»Das ist aber nur entstanden, weil wir überhaupt da waren«, meinte Leo. »Unabsichtlich übrigens und irrtümlich. Wir haben uns entschuldigt und sind jederzeit bereit zu verschwinden. Außerdem ist es kalt.«

»Wir können gleich reingehen«, meinte Elisabeth und nahm einen tiefen Zug von ihrer Zigarette. »Ich habe ein Spiel vorbereitet. So ein Kennenlernspiel. Wie ein Adventkalender. War natürlich für das andere Paar gedacht. Aber so was kann lustig sein und die Stimmung lockern.«

»Ein Kennenlernspiel mit Ausziehen und so?«, fragte Thomas nach. »Ich weiß nicht, ob das für uns das Richtige ist.«

»Es ist mehr psychologisch«, sagte Elisabeth. Ganz stimmte das nicht, das musste sie sich eingestehen. Natürlich ging es darum, dem anderen Paar nahezukommen. Das wollte sie in diesem Fall eher nicht mehr und Leo wahrscheinlich auch nicht. Natürlich könnten sie jetzt auch einfach heimgehen. Aber Elisabeth hatte zwei Hilferufe gehört. Sandra hatte gebeten, ob sie nicht noch ein bisschen bleiben könnten. Und Thomas hatte gesagt, er habe Angst. Elisabeth hatte bereits als Kleinkind im Kindergarten andere Kinder getröstet, wenn die geweint hatten. Sie war in der Schule die gewesen, von der alle abschreiben durften, und noch dazu die perfekte Klagemauer für ihre Freundinnen. Sie hatte ihren kranken Mann hingebungsvoll gepflegt, und, nun ja, Helfen war zu einem Teil ihres Lebens geworden. Einen Hilferuf konnte sie nicht ignorieren. Und zwei schon gar nicht.

»Psychologisch ... Das klingt aber auch nicht ganz harmlos«, sagte Thomas.

»Was heißt schon harmlos«, antwortete Elisabeth

und drückte ihre Zigarette aus. »Wenn die Leute entspannt sind, ist alles harmlos. Und vielleicht hilft es euch ja dabei, zu entspannen. Wenn nicht – dann verschwinden wir einfach.«

Thomas nickte nachdenklich. Er musste jetzt gehen, in die Küche, zu Sandra. Leo und Elisabeth folgten ihm in die Wohnung. Sie setzten sich auf das Sofa im Wohnzimmer.

»Hast du den anderen geschrieben, dass wir nicht kommen?«, fragte Leo.

»Klar, hab ich vorher gemacht«, antwortete Elisabeth. »Sie haben aber noch nicht reagiert. Die werden beleidigt sein, fürchte ich. Ist es okay für dich, wenn wir bleiben?«

»Wenn du willst«, antwortete Leo. »Aber ein sehr geiler Abend wird es wohl nicht werden.«

Elisabeth lächelte und küsste Leo. »Weißt du«, sagte sie, »ich glaube, die beiden brauchen uns.«

Leo lachte laut auf. »Ja, die brauchen uns wie einen Schuss ins Knie!«

»Nein, ich meine es ernst … Sie brauchen uns wirklich.«

»Pass bloß mit deinem Helfersyndrom auf«, sagte Leo.

»Sie haben um Hilfe gebeten, also werden wir versuchen, ihnen zu helfen«, sagte Elisabeth entschlossen.

»Bist du dir sicher, dass das gutgeht?«, fragte Leo.

»Nein«, antwortete Elisabeth.

13

»Warum ist dir zum Heulen zumute?«, fragte Thomas. Die Frage, das musste er sich eingestehen, war angesichts der merkwürdigen Gäste in ihrem Wohnzimmer eher in den Bereich Provokation einzuordnen. Da Sandra nicht gleich antwortete, redete er einfach weiter: »Elisabeth hat ein Spiel vorbereitet. Eine Art Swinger-Adventkalender. Für das andere Paar natürlich, aber sie fragt, ob wir das nicht mit ihnen spielen wollen.«

»Siehst du, deshalb ist mir zum Heulen zumute. Du willst jetzt mit diesen Leuten ein Striptease-Spiel spielen, und ich verstehe überhaupt nicht, wie das passieren konnte!«

»Du hast sie ja eingeladen und hereingebeten.«

»Ich dachte, es sind die Leute, die wegen dem Doppelbett kommen!«

»Ach ja«, sagte Thomas erschrocken, »wo sind eigentlich die Leute, die wegen des Doppelbetts kommen?«

»Die werden wahrscheinlich auch gleich da sein«, antwortete Sandra, »hoffentlich sind wir da noch angezogen. Du kannst ihnen dann die Suppe servieren. Oder kochst du ihnen etwas Eigenes?«

»Entschuldigung, aber du warst es, die unseren Gästen Prosecco angeboten hat! Und du hast sie gebeten zu bleiben!«

»Das sind nicht unsere Gäste«, schluchzte Sandra.

»Jetzt schon«, sagte Thomas.

»Ich spiele kein Ausziehspiel«, sagte Sandra.

»Es ist harmlos, hat Elisabeth versprochen. Ein Spiel zum Kennenlernen. Etwas Lustiges, zum Auflockern. Sie hat es selbst gebastelt. Das ist doch rührend, nicht?«

Sie hat es ja nicht für uns gemacht, dachte Sandra, aber sie wollte jetzt nicht zynisch sein, auch nicht böse. »Was ist los mit dir, Thomas?«, fragte sie. Natürlich wusste sie im selben Augenblick, dass das keine gute Frage war. Das lernte man bereits in den Pädagogik-Einführungsseminaren. »Was ist los mit dir?« heißt übersetzt: Du benimmst dich nicht normal, sondern ganz abartig, aber ich stehe über allem und kann dich deshalb darauf aufmerksam machen, dass du nicht richtig tickst, also, was ist los mit dir? Verschärfen konnte man das Ganze noch mit einem »Bloß«: »Was ist bloß los mit dir?« Und den Namen nachschießen. »Thomas?«

Thomas packte den Klassiker unter den Antworten auf diese Frage aus. Es war eine Gegenfrage, und sie lautete: »Was soll los sein mit mir?«

Sandra hakte nach: »Warum willst du, dass die beiden hierbleiben? Und warum willst du ein Spiel mit ihnen spielen?«

Thomas warf die Zwiebelschalen weg. Da sie ein

perfektes Mülltrennungssystem hatten – Hausmüll, Plastikmüll, Biomüll, Papiermüll und Dosenmüll –, entdeckte er das Corpus Delicti sofort.

»Warum hast du eine Dose Kokosmilch genommen und kein Glas?«, fragte Thomas. »Das wäre doch nicht so schwer! In der Dose ist innen eine Plastikbeschichtung, siehst du?« Er hielt ihr die Dose vor die Nase. Sandra wandte sich ab. »Diese Plastikbeschichtung gibt Weichmacher ab, weißt du, Sandra, Bisphenol A zum Beispiel, und die beeinflussen den Hormonspiegel, und da sollte man aufpassen. Überhaupt, Sandra, wenn man schon zwei Fehlgeburten gehabt hat.«

Thomas drehte sich um und verließ den Raum.

14

Sandra zitterte. Vielleicht würde niemand bemerken, dass sie zitterte. Aber es war ohnehin egal, niemand sah sie. Es handelte sich mehr um ein inneres Zittern. Es überfiel Sandra immer wieder und kündigte irgendeine Art von Ausbruch an, einen Wutausbruch, einen Tränenausbruch, einen Ausbruchsversuch. Ja, das wäre es! Aus der Tür hinausrennen, ohne Mantel, ohne Schal, ohne Mütze. Verletzt, ungeschützt, einfach weg, einfach nur weg!

Doch zunächst besorgte sie wie in Trance den Abwasch und räumte die Küche auf. Wie konnte Thomas nur so gefühllos sein und seine lächerliche Abneigung gegen Dosen mit ihren Fehlgeburten in Verbindung bringen? Dabei war er so liebevoll gewesen, damals, als es passiert war. Beim ersten Mal stand sie kurz vor dem Abschluss ihres Studiums. Weder wollte sie schwanger werden, noch wusste sie, dass sie schwanger war. Doch die Temperaturmethode gehörte nicht zu den sichersten, auch wenn man in der heiklen Zeit Kondome verwendete, das wussten sie ohnehin. Und ohne sich darüber näher auszutauschen, hatten sie beide das Risiko in Kauf genommen, was heißt Risiko, sie hätten ihr Kind angenommen. Aber das ging eines Nachts ohne jede Vorankündigung ins Bettlaken ab. Sandra glaubte zuerst, ihre Tage bekommen zu haben, doch beim Putzen rechnete sie nach und bemerkte, dass sie im Lernstress übersehen hatte, dass sie schon seit zwei Monaten ihre Tage gar nicht mehr bekommen hatte. Thomas hatte damals noch im gemeinsamen Bett geschlafen. Er wachte ebenfalls auf, half ihr, die Bettwäsche zu wechseln, und nahm sie in die Arme. Sie rechnete ihm hoch an, dass er keinen Unsinn sagte, in der Art von »es hätte jetzt ohnehin gerade nicht gut gepasst mit einem Kind« oder »wer weiß, vielleicht hatte es ja einen guten Grund, nicht auf die Welt kommen zu wollen«. Nein, er sagte gar nichts, außer, dass er sie lieb hatte, und an der Art und Weise, wie er sie umarmte und sanft drückte, spürte sie seine Hilflosigkeit und seine Trauer, und das tat gut.

In den Wochen darauf war sie vollkommen durch den Wind. Die Hormone sind im Keller, erklärte die Frauenärztin, und dass es sich eigentlich nicht um eine Fehlgeburt gehandelt hatte, sondern um einen Abort, denn von Fehlgeburt redete man erst nach der zwölften Woche. Aber das war Sandra ziemlich egal, Abort, das klang für sie wie Toilette, sie empfand es als scheußliches Wort und als noch scheußlichere Tatsache, da konnte die Gynäkologin noch so sehr mit Statistiken aufwarten, wonach etwa ein Drittel der Schwangerschaften in den ersten zwölf Wochen mit einem Abort enden. Die Ärztin riet ihr zwar zur Ruhe, aber Sandra vertiefte sich ins Lernen für ihre Abschlussprüfungen. Damals dachte sie, das würde ihr helfen. Aber die nicht ausgelebte Trauer führte wohl auch dazu, dass es sie beim nächsten Mal gleich doppelt so hart traf.

Beim nächsten Mal erlitt sie nämlich tatsächlich eine Fehlgeburt, und zwar auf einem Abort. Also auf dem Klo des Hotelzimmers auf Sardinien, Hochzeitsreise, September, Nachsaison, jetzt geht das noch, hatten sie gesagt, solange das Kind noch nicht da ist. Denn diesmal wussten sie von der Schwangerschaft, sie hatten den winzigen Fötus auf dem Ultraschall gesehen, drei Zentimeter groß, vier Zentimeter groß, sie hatten den Herzschlag ihres Kindes erkennen können, und dann … plötzlich diese wahnsinnigen ziehenden Schmerzen. Und Blut, Unmengen von Blut, und dann der Arzt in dem kleinen Spital, der in schlechtem Englisch mitteilte, dass da kein Kind mehr war, gleichzeitig die Erkenntnis, dass sie ihr Kind im Klo hinuntergelassen hatte … Thomas weinte mit ihr, er hielt ihre Hand, wann immer es ging, er umarmte sie zärtlich. Seine Trauer und Betroffenheit trösteten sie ungemein, weil sie sich nicht allein fühlte. Und auch, wenn ihre Ärztin und alle im Krankenhaus bei der Ausschabung furchtbar nett waren, den Satz »Beim nächsten Mal wird es schon klappen«, den konnte sie nicht mehr hören, den konnte sie jetzt noch nicht hören, obwohl das Ganze viele Jahre zurücklag.

Und nun kam Thomas und belehrte sie wegen der

bescheuerten Dose! Als ob sie an allem Schuld hätte! Und wer hatte geraucht, damals? Er! Auch nicht gut für die Spermien, wie man weiß. Sandra schloss schwungvoll den Geschirrspüler. Sie lehnte sich an die Arbeitsfläche und atmete durch. Der Impuls, einfach abzuhauen, war verschwunden. Wohin hätte sie auch laufen sollen? Um zwei Stunden lang zu ihren Eltern zu fahren, war sie zu betrunken. Zu Isabella? Zu Johanna? Sah auch nicht gut aus, am Heiligen Abend. Vielleicht sollte sie davonlaufen und warten, ob Thomas ihr nachlief? Aber wenn er es nicht tat? Nein, der Impuls war verschwunden. Geblieben war die Trauer darüber, dass Thomas sich jetzt so anders benahm als früher. Wo war die ganze Liebe geblieben?

Als sie das Wohnzimmer betrat, saßen Elisabeth, Leo und Thomas einträchtig um den Sofatisch. Na gut, dachte Sandra. Dann wollen wir mal. Nichts eskalieren lassen. Vernünftig bleiben. Auch wenn das manchmal die unvernünftigste Entscheidung ist. Aber ich liebe ihn doch, Thomas, oder? Ich liebe ihn doch immer noch!

»Na, da bist du ja endlich!«, rief Thomas aus.

Sandra ahnte, dass seine gespielte Fröhlichkeit nichts Gutes verhieß.

Zweiter Teil

Vorbereiten

»Nun, Sandra, bereit?«, fragt Leo, auch wenn er spürt, dass sie alles andere als bereit ist. Aber Elisabeth hat sich nun mal in den Kopf gesetzt, das Spiel zu spielen. Wobei »Spiel« und »spielen« ihm ein bisschen verharmlosend scheinen. Immerhin hat er ja gestern gemeinsam mit Elisabeth diesen Adventkalender gebastelt. Sie haben großen Spaß dabei gehabt, sich all die Fragen mit ihren Möglichkeiten zu doppelbödigen Antworten auszudenken. Und erst die Aufgaben, die so ziemlich jede Ausführung zulassen ... Es soll ja wirklich ein Kennenlernspiel sein, und zwar eines, das im besten Fall in einer kleinen, feinen, geilen Orgie mündet. Elisabeth und Leo kennen solche Spiele von ihren einschlägigen Treffen. Sie können helfen, eine gewisse Befangenheit abzulegen. Und die liegt ja doch manchmal im Raum, gerade, wenn man sich eigentlich ausschließlich getroffen hat, um Sex zu haben.

Ja, man redet dann natürlich mit dem anderen Paar. Oder mit den anderen Paaren. Und beide, Elisabeth und Leo, können nicht mit Menschen intim werden, für die sie nicht zumindest Sympathie empfinden. Man plaudert dann also über das Wetter und die Urlaube und die Berufe und trinkt Prosecco oder Cocktails. Ginge es um ein »normales« Abendessen, könnte man einfach irgendwann sagen: »Nun, wollen wir mal?« Und dann geht man zu Tisch. Aber in diesem speziellen Kontext wirkt die Frage »Nun, wollen wir mal?« reichlich unelegant. Vor allem, wenn nicht klar ist, was die Gastgeber so planen: Bleibt man in der Sofalandschaft? Gibt es noch eine andere, spezielle Spielwiese?

Eine Sauna oder ein Pool oder am besten beides machen die Sache üblicherweise leichter. Wenn man einmal ausgezogen ist, ergeben sich Berührungen, spielerische, scheinbar zufällige, anfragende oder bewundernde. Und harmonisch fügt sich danach eins ins andere. Schließlich wissen ja alle, weshalb sie hier sind und was sie wollen. Im Grunde, denkt Leo, ist es ja wie bei jedem ersten Sex. Da gehen zwei miteinander ins Kino, ins Restaurant, zum Tanzen, und bald wird beiden klar, wie der Abend im Idealfall enden sollte – aber wie lenkt man ihn dann halbwegs elegant zu diesem Ende, ohne platte Fragen wie »Möchtest du noch einen letzten Drink nehmen, und das lieber bei dir oder bei mir?« Statt den oder die Auserwählte ins Haus zu locken, könnte man natürlich auch einfach mit der Tür in Letzteres fallen, aber dafür muss man sich entweder sehr sicher sein – oder auch mit einer Abfuhr zufriedengeben können.

Auch wenn sich die beiden begehrenden Wesen dann endlich in einem für ihre Zwecke geeigneten

Raum befinden: Die Sache mit dem Ausziehen ist immer die schwierigste. Das mit dem Küssen geht ja noch. Irgendwann ist klar, das wird was, das klappt, das können wir wagen. Aber wo? Gut, manchmal, ungeniert, auf der Tanzfläche, betrunken vielleicht, das ergibt sich einfach. Aber im Taxi, wenn man noch zwanzig Minuten Fahrt vor sich hat? Oder schlimmer noch in der S-Bahn, wenn's gar noch eine Stunde dauert? Oder auf einer unbequemen Bank im Gastgarten, von der es kein Wegkommen mehr gibt? Am besten natürlich auf einem großzügigen, bequemen Sofa, wo alles fast von selbst geht. Aber auch da liegt die Sache mit dem Ausziehen nicht so auf der Hand, eben gerade, weil man auf einer Hand liegt oder auf einem Bein und weil es nicht so leicht ist, einen BH oder Socken im Liegen auszuziehen. Auch wenn alles gutgeht, sollte man vorher darauf geachtet haben, aufs Klo gegangen zu sein, denn die ganze schöne Selbstverständlichkeit ist dahin, wenn man dann erst recht aufspringen und weglaufen muss.

Selbstverständlich gibt es die Möglichkeit, alles abzusprechen, jetzt machen wir mal Pipi, dann gehen wir duschen, später richten wir die Kondome, in Schweden mittlerweile auch die nötigen Formulare, eidesstattlichen Erklärungen und notariellen Unbedenklichkeitsbescheinigungen. Ja, das ist möglich, führt vielleicht sogar zu einer guten, stabilen Beziehung, eignet sich aber nur für Menschen mit beschränkter Leidenschaftlichkeit. Meistens läuft es in der Realität völlig chaotisch ab. Das führt gelegentlich zu ungewollten Schwangerschaften, selten zu tollem Erst-Sex, häufig zu einer lustigen kleinen Schweinerei. Lustig ist auch schon was, ja, aber bei schönen intimen Begegnungen lacht man sich üblicherweise nicht dumm und dämlich, das passt irgendwie nicht zusammen.

Aus all diesen Gründen findet Leo die Anbahnungsspiele zwar ein bisschen spießig, aber im Großen und Ganzen praktisch. Er erinnert sich besonders an ein Wochenende vor ein paar Monaten, da sind insgesamt vier Paare auf dem Landgut der Gastgeber zusammengekommen, alle ein bisschen nervös und befangen, weil sich niemand kannte. Und das Gastgeber-Paar serviert nicht nur ein großartiges Essen auf der Terrasse mit Blick in die Weinberge, sondern verzaubert anschließend die ganze Gesellschaft mit einem Kennenlernspiel am offenen Kamin. Gut, sie sind damals zehn Leute gewesen, das heißt, man kann einem Mann auch eine Aufgabe stellen wie: »Erkenne mit verbundenen Augen den Bauchnabel deiner Partnerin.« Dazu dürfen die Frauen den Bauchnabel frei machen, und dann gibt es schon jede Menge Gelegenheit, zu streicheln, zu kichern, einander näherzukommen. Und erst später, als sie alle verbundene Augen und fast nichts mehr angehabt haben! Zu ertasten, wen man da gerade gefangen hat … Also das ist schon sehr aufregend und auch zielführend gewesen.

Aber so etwas wird heute sicher nicht passieren. Erstens kann man zu viert nicht Blindekuh spielen, da ist man ein bisschen zu schnell durch, und zweitens zeigt sich die Stimmung alles andere als von ihrer prickelnd-erotischen Seite. Dabei haben sie sich wirklich ein nettes kleines Spielchen ausgedacht … Nun ja, weggehen kann man ja immer noch, mal sehen, was sich entwickelt. Zwischen ihn und Elisabeth wird das Spiel jedenfalls keinen Keil treiben, so viel steht fest. Ganz im Gegenteil, das Spiel zu erfinden hat sie gestern nicht nur sehr zum Lachen gebracht, sondern in weiterer Folge so inspiriert, dass sie noch im Wohnzimmer regelrecht übereinander hergefallen sind. So wie damals, ganz am Anfang ihrer Beziehung, vor drei Jahren. Sie ist ein Geschenk, kommt es Leo in den Sinn, als er Elisabeth ansieht, so eine intelligente, was heißt intelligente, eine weise Frau, und dann noch so schön und begehrenswert!

»Warum siehst du mich so an?«, fragt Elisabeth.

»Weil ich dich mag«, antwortet Leo.

Das haben sie sich zu eigen gemacht: »Ich mag dich« zueinander zu sagen. Das ist weniger abgedroschen als »Ich hab dich lieb« oder »Ich liebe dich«, weniger pathetisch vielleicht auch, aber um nichts weniger ehrlich. Außerdem hat es den Vorteil, dass man es in der Öffentlichkeit zueinander sagen kann, ohne rote Ohren zu bekommen oder fürchten zu müssen, die Leute halten einen für einen emotionalen Exhibitionisten. Gerade dieses kleine Understatement findet Leo wunderbar. Ich mag dich. Es hat etwas Spielerisches, Kindliches, Unbeschwertes.

Elisabeth schmunzelt. »Und möchtest du mich nur so warmherzig ansehen oder auch das Spiel holen?«

Eine weitere Spezialität von Elisabeth. Sie bittet nie um etwas, sie fordert nicht auf, sie leitet ihre Fragen mit »möchtest du?« ein. Möchtest du den Tisch decken? Möchtest du mir helfen, den Geschirrspüler auszuräumen? Natürlich ist Leo klar, dass gerade diese Art zu fragen nicht frei vom Verdacht der Manipulation ist. Aber Elisabeth schafft es, so unschuldig zu fragen, dass eine abschlägige Antwort schlichtweg unmöglich ist. Möchtest du mich? Ja, ich mag dich!

»Noch eine Flasche Wein zum Spiel?«, fragt Thomas, wartet aber die Antwort nicht ab, weil er bereits nachschenkt. Er bemerkt, dass Sandra ihre Hände gefaltet hat und ihre Daumen im Kreis dreht. Ihr Daumenhamsterrad, ein Zeichen von Ungeduld und Nervosität. Nun ja, sie wird sich beruhigen. Im Prinzip ist sie ja ein duldsamer Mensch. Manchmal fast ein bisschen phlegmatisch, weshalb Thomas sich keine großen Sorgen macht. Sandra ist keine Drama Queen. Ein sehr treffendes Wort: Drama Queen. Anfangs hat Thomas es aus allen Manuskripten gestrichen, Anglizismen meiden und so weiter, aber ein gutes Synonym auf Deutsch gibt es eigentlich nicht. Dramenkönigin geht natürlich gar nicht, exaltierte Frau trifft es auch nicht, eine Frau, die gerne Szenen macht, schon eher, aber das findet er doch ziemlich umständlich. Also hat er sich dazu durchgerungen, Drama Queen in den Texten zu belassen, immerhin versteht es jeder. Die interessante Frage ist viel eher, warum diese Wortfolge so oft in den neuen Texten auftaucht. Werden alle immer empfindlicher? Regen wir uns heute über Kleinigkeiten auf, die noch vor ein paar Jahren allen egal waren? Ist etwas dran an dem Schlagwort von der »Erregungsgesellschaft«? Oder sind wir alle immer mehr ichbezogen? Vergangene Woche erst hat er eine Studie gelesen, wonach das Wort »ich« in literarischen Texten heute mehr als doppelt so häufig vorkommt als noch vor fünfzig Jahren. Und vor fünfzig Jahren … was heißt, als er klein war, vor dreißig Jahren, hätte da jemand mit einem Fotoapparat ein Selfie gemacht? Das wäre ja genauso einfach gewesen, wie es das heute mit dem Handy ist. Aber man ist nicht mal auf die Idee gekommen. Egal. Sandra wird heute wohl kein Selfie machen. Und eine Drama Queen ist sie auch nicht. Jedenfalls nicht bei ihm.

Leo geht zur Garderobe, greift in die Einkaufstasche, holt einen kleinen Karton heraus und stellt ihn vor Elisabeth auf den Tisch.

Elisabeth sieht in die Runde, bevor sie den Karton öffnet. Um Leo, dicht an ihrer Seite, wird sie sich keine Sorgen machen müssen. Sandra sitzt ihr gegenüber. Man muss kein Mentalist sein, um zu sehen, dass sie nervös ist. Und dass sie nicht aufhört, die Daumen im Kreis zu drehen! Wie lange kann man so etwas durchhalten? Aber sie ist nicht nur nervös, sie sieht auch niedergeschlagen aus. Nun ja, kein Wunder, irgendwie hatte sie sich den Abend wohl anders vorgestellt. Aber sie war es, die sich am dringendsten gewünscht hat, nicht mit Thomas allein zu bleiben. Und Thomas? Der wirkt in erster Linie ein bisschen betrunken. Eigentlich müsste er sehr betrunken sein, nach allem, was er so in sich hineingeschüttet hat. Aber er dürfte es gewohnt sein. Empfindlich, das ist das Wort, das Elisabeth zu Thomas einfällt. Und feindselig. Auf ihn wird sie aufpassen müssen. Oder auf Sandra, je nachdem, wie man es sieht.

Sandra klatscht in ihre Hände. »Nun«, ruft sie aus, »was ist in dem Karton? Ein Dildo? Kondome? Reizwäsche für alle? Dafür dürfte er ein bisschen zu klein sein!«

»Ein Brettspiel!«, rät Thomas. »Aber nein, du hast ja gesagt, es ist eine Art Adventkalender. Also warte mal … vielleicht vierundzwanzig Sexüberraschungen. Diese Kugeln, vom Tankstellenklo!«

»Was ist das denn?«, fragt Elisabeth.

Leo lacht. »So was gibt's wohl nur auf dem Männerklo. So Sexgimmicks. Noppenkondome, Penisringe …«

»Aber nein, aber nein!« Elisabeth freut sich, dass der Karton ein wenig Spannung erweckt. »Es ist doch Weihnachten!« Um weiteren unsinnigen Bemerkungen keinen Raum zu lassen, öffnet sie den Deckel.

»Wow!«, schreit Thomas. »Unglaublich!«

Eine kurze Pause, dann lachen alle, sogar Sandra. Thomas' Aufschrei ist nichts als reine Ironie gewesen, denn der Inhalt des Kartons ist äußerst banal. Dennoch setzt Elisabeth zu einer Erklärung an. »Es handelt sich um ganz normale Teelichter, Herkunft: Ikea. Allerdings, aufgepasst!« Elisabeth stellt eines nach dem anderen auf die Glasplatte des Tisches. »Wie ihr seht, um jeden der Dochte ist ein kleiner Zettel gefaltet. Ein Zettel, wie ihr ihn zum Beispiel in den Glückskeksen im Chinarestaurant findet. Und jeder dieser Zettel enthält eine Frage oder eine Aufgabe.«

»Sie sind schön gefaltet«, bemerkt Sandra, die etwas übrighat für Handarbeit. »Die Zettel, meine ich. Wie kleine Maschen sehen sie aus. Und sie halten gut an den Dochten!«

»Danke, Sandra.« Elisabeth dreht die Kerzen im Kreis, mischt sie durch. »Das Spiel besteht darin, einen Zettel zu ziehen, die Frage zu beantworten oder die Aufgabe zu lösen. Wer seine Aufgabe gelöst hat, zündet die Kerze an und stellt sie an einen Platz in diesem Raum, den er oder sie als den richtigen für diese Frage oder dieses Thema empfindet. Ihr habt doch nichts gegen Kerzenlicht?«

»Wenn das Teelicht nicht direkt unter einem Tannenzweig oder unter dem Vorhang steht, nicht«, antwortet Thomas.

»Wir nehmen die Kerze, die uns gefällt, die Reihenfolge ist also rein zufällig. Manche Fragen und Aufgaben betreffen alle, manche nur Einzelne.«

»Und das werden wir wissen? Ich meine, ob die Aufgabe alle betrifft oder zum Beispiel nur mich?«, fragt Thomas. Sandra schmunzelt innerlich. Äußerlich versucht sie, weiterhin schmale Lippen zur Schau zu stellen. Thomas und das Spielen! Bis er einmal irgendeine Regel verstanden hat, sind andere schon mit einer ganzen Partie durch. Das einzige Spiel, das er auf Anhieb verstanden hat, ist Uno. Strategische Spiele, klassische Spiele wie Schach oder Backgammon, eine Katastrophe! Thomas kann sich keine Regeln merken. Was wohl daran liegt, denkt Sandra, dass Thomas sich keine Regeln merken will. Immerhin ist er Akademiker und nicht Sonderschüler, also von den intellektuellen Kapazitäten her müsste es reichen. Obwohl das Klischee vom »verrückten Professor« viel mit der Wirklichkeit zu tun hat, diese Beobachtung hat Sandra schon oft gemacht. Je gescheiter jemand ist, desto blöder wird er. Das gilt für einfache handwerkliche Tätigkeiten bis hin zu zwischenmenschlichen Fragen. Die paar intellektuellen Starautoren aus Thomas' Stall (so nennt er den Verlag gerne), die Sandra kennengelernt hat, sind zwar universal gebildet, mit einem galaktischen Ego und mit göttlichem Sendungsbewusstsein ausgestattet, aber mit ihren Partnern, Kindern, den Mitarbeitern des Verlags kommunizieren sie mit dem Einfühlungsvermögen eines emotional zurückgebliebenen Fünfjährigen mit schweren Bindungsstörungen und beginnendem Asperger-Syndrom. Unfassbar, diese »großen Persönlichkeiten«, wie Thomas sie gerne nennt – in Sandras Wahrnehmung ein Haufen sozialer Geisterfahrer. Aber es gibt Ausnahmen. Ausnahme-Autoren. Ausnahme-Menschen. Wo ist sie eigentlich gedanklich gewesen? Ach ja, spielen! Da

Thomas ausreichend gescheit ist, Regeln verstehen zu können, liegt sein Unverständnis wohl daran, dass er die Regeln nicht verstehen will. Und er will sie deshalb nicht verstehen, weil er sich nicht an sie halten will!

»Natürlich wirst du wissen, welche Fragen dich betreffen und welche die ganze Runde«, beschwichtigt Elisabeth. »Die Regeln sind ganz einfach. Du nimmst eine Kerze und liest den Zettel. Auf dem steht alles drauf.«

»Du hast den Joker vergessen«, wirft Leo ein.

»Vergessen habe ich ihn nicht«, korrigiert Elisabeth, freundlich lächelnd. »Ich wollte nur Thomas nicht überfordern.«

»Er schafft das schon«, wirft Sandra ein. »Also wenn es nicht zu viele verschiedene Joker sind.«

»Es ist einer«, sagt Leo.

»Das schaffst du, nicht wahr, Thomas?«

»Ja!«, ruft Thomas aus, und er tut so, als hätte er gar nicht gemerkt, dass Sandra ihn auf der Schaufel hat.

»Jeder, jede hat einen Joker«, sagt Elisabeth. »Wenn du eine Frage nicht beantworten oder eine Aufgabe nicht bewältigen willst, kannst du sie weitergeben. Du darfst auswählen, wer diese Frage dann beantworten muss.«

»Und wenn ich zum Beispiel Sandra auswähle …«, fängt Thomas an.

»Warum mich?«, wirft Sandra blitzschnell ein.

»Ist ja nur ein Beispiel! Wenn also zum Beispiel

Sandra auch noch ihren Joker hat, kann sie dann die Frage auch weitergeben?«

»Das haben wir uns ehrlich gesagt nicht überlegt«, gibt Elisabeth zu. »Aber wir können das ja gemeinsam beschließen. Vielleicht bei einer Zigarette draußen?«

»Können wir nicht mit dem Spiel beginnen?«, fragt Leo. »Du hast doch gerade geraucht!«

»Das ist mindestens eine halbe Stunde her!«

»Sage ich ja.«

Sandra steht auf, zieht sich eine Jacke an und geht zur Terrassentür. »Ein bisschen frische Luft wird uns allen guttun.«

Tatsächlich erfüllt die kalte Winterluft Sandras Gedanken mit einer merkwürdigen Klarheit, was freilich eher zu ihrer Verwirrung beiträgt. Was für ein Spiel wird hier eigentlich gespielt? Wie ist das alles passiert? Vielleicht handelt es sich um einen sehr schrägen Traum? Sie nimmt Thomas bei der Hand. Ein Versuch der Kontaktaufnahme. Die Hand ist eiskalt und feucht. Beiläufig erwidert er den halb zärtlichen, halb auffordernden Druck von Sandras Hand. Dann macht sich Thomas frei.

»Ich finde, man sollte den Joker auf jeden Fall verwenden dürfen«, schlägt er vor. »Sonst könnte mich ja zum Beispiel irgendjemand in Verlegenheit bringen mit einer Frage, die ich gar nicht beantworten will.«

»Wenn allerdings alle ihren Joker verwenden«, widerspricht Leo, »geht es immer im Kreis. Das ist auch nicht sinnvoll.«

Entschlossen bläst Elisabeth den Rauch aus. »Nein, so geht es nicht. Die Person, an die die Frage weitergegeben wird, muss sie beantworten.«

»Ich muss gar nichts«, sagt Sandra.

»Natürlich nicht«, pflichtet ihr Elisabeth bei. »Es ist ein Spiel. Wir können es jederzeit abbrechen und gehen. Ihr müsst es uns nur sagen.«

»Können wir jetzt endlich anfangen?«, will Thomas wissen und reibt sich die Hände. Vor Kälte oder vor Vorfreude, fragt sich Sandra. Thomas, der Spielemuffel!

»Wir müssen nur noch klären, wer anfängt«, wirft Leo ein. »Wer wählt die erste Kerze aus? Wer zieht den ersten Zettel?«

Sandra nimmt vier Streichhölzer aus der Box, die auf dem Balkontisch liegt. Von einem bricht sie ein Stückchen ab. Sie hält die Streichhölzer verdeckt in der Hand und präsentiert sie der Runde. »Jeder zieht eines. Wer das kürzere hat, beginnt. Danach machen wir im Uhrzeigersinn weiter.«

»Ich dachte, bei einem Swinger-Spiel würde es eher auf die Länge ankommen«, sagt Thomas. Was für ein matter Witz, denkt Sandra, er zeigt nur, wie nervös Thomas eigentlich ist. Warum hört dieser Albtraum nicht auf? Jedenfalls ist sie sich sicher, wer den Kürzeren ziehen wird. Sie behält recht.

Die 1. Kerze

Als alle wieder um den Sofatisch sitzen, mischt Elisabeth noch einmal die Teelichter durch und fordert die anderen auf, es ihr gleichzutun.

»Nun«, sagt sie feierlich, »Thomas, wähle eine Kerze aus.«

Das wird ein Theater, denkt Sandra, bei Thomas' Entschlussfreudigkeit wird das wahrscheinlich ewig dauern. Aber diesmal irrt sie sich. Thomas nimmt eines der Teelichter aus der Mitte der Sammlung, entfaltet das Zettelchen und liest. Das heißt, er will lesen, kann es aber nicht, denn die Schrift ist so winzig, dass er nicht einmal einzelne Buchstaben erkennen kann. Thomas steht auf und murmelt ein paar entschuldigende Worte.

»Wird schwierig, ohne Brille die Brille zu suchen«, ätzt Sandra.

»Nein«, belehrt sie Thomas, »sie ohne Brille zu suchen ist leicht. Schwer wird es allerdings, sie zu finden.«

»Küche«, sagt Sandra unbeeindruckt von der Belehrung. Sie bemerkt, wie Leo und Elisabeth einander etwas ungeduldig ansehen. Thomas kommt mit seiner Brille zurück. Er ist richtig nervös, das erkennt

Sandra an der Art, wie er geht, wie er sich nun hinsetzt, wie er mit gespielter Leichtigkeit den Zettel zur Hand nimmt. Er liest. Einmal, zweimal.

»Eine Doppelaufgabe: Beschreibe jenen Körperteil deines Partners/deiner Partnerin, den du am liebsten hast. Danach beschreibt dein Partner/deine Partnerin ihren Lieblingskörperteil von dir.«

Thomas lässt den Zettel sinken und sieht Sandra an. Er sieht in ihren Augen, dass sie bereits zu denken beginnt. Sie wird mehr Zeit haben als er …

»Und das muss etwas Unanständiges sein, oder darf ich auch etwas Normales sagen?«

»Ich weiß zwar nicht, was anständig und was unanständig sein könnte, aber du darfst sagen, was du willst«, antwortet Elisabeth.

Thomas seufzt und denkt nach. Spannend, denkt Sandra. Eine spannende Frage. Sie hat keine Ahnung, was Thomas sagen wird. Er steht auf ihre Brüste, das weiß sie, auf ihren Hintern … Sie weiß aber auch, es wird dauern. Und da es sehr still geworden ist, geht sie zu ihrem Handy, verbindet es mit der Box und spielt Musik. Nichts Weihnachtliches! Nur ja nichts Weihnachtliches jetzt! Buena Vista Social Club, das mögen eigentlich alle, und die kubanisch swingende Gelassenheit wird auch helfen, Thomas zu entspannen. Aber so lange, wie sie gedacht hat, dauert es dann gar nicht.

»Der Körperteil, den ich an Sandra am meisten liebe, sind die Füße«, beginnt Thomas. Ausgerechnet meine Füße! Sandra spürt, wie sie rot wird. Gut, dass ihre Füße in Socken und Hausschuhen stecken, dann sehen Leo und Elisabeth wenigstens nicht, wie unweiblich und breit sie sind, wie kurz die Zehen! Am schlimmsten ist die kleine Zehe, wie ein Knubbelchen sieht sie aus, das sich noch zufällig zu den anderen dazugeschummelt hat, abstrus nach innen gebogen. Dass auch ein Zehennagel zu dieser kleinen Zehe gehört, muss man sich dazudenken.

»Sandras Füße sind sehr geerdet, im wahrsten Sinne bodenständig. Sie steht damit fest in der Welt. Und gleichzeitig sind diese Füße unendlich weich. Ich liebe es, wenn sie damit über meine Beine streicht. Ich liebe es, wenn unsere Füße einander berühren. Manchmal winkt sie mir mit ihren Zehen, aus der Badewanne oder am Strand ... Dieses Zehenwinken ... Es rührt mich. Ich küsse auch gerne ihre Füße. Sie riechen immer gut. Ich glaube, Sandra könnte ihre Socken zwei Wochen lang anziehen. Wenn wir gemeinsam Zähne putzen, sehe ich immer ihre Füße an. Sie steht dann so seltsam da, immer gleich, die Zehen des rechten Fußes stehen auf dem linken Fußrücken, das sieht hinreißend aus.«

Thomas macht eine Pause. Sieht in die Runde. »Das war's.«

Sandra merkt, dass alle Blicke auf ihr ruhen. Sie bringt aber noch kein Wort heraus, weil Thomas' Beschreibung sie gerührt hat. Und eigentlich – eigentlich! – würde sie jetzt gerne etwas ebenso Schönes sagen. Über Thomas' Hände. Er hat wirklich schöne, unglaublich gepflegte Hände. Aber wäre das nicht ein bisschen kitschig, Hände nach Füßen? Und außerdem möchte sie dieses Spiel nicht mitmachen, ohne ihren Widerstand zumindest passiv zu zeigen.

»Mein Lieblingskörperteil an Thomas ist das Gehirn«, sagt sie. »Er ist ein brillanter Denker, sehr schnell, analytisch. Ein falscher Satz, eine widersprüchliche Aussage, ein Fehlschluss – solche Dinge entdeckt er immer sofort. Egal, ob er einen Politiker im Fernsehen reden hört oder wenn im privaten Kreis jemand Unsinn verbreitet. Da ist er blitzschnell, und das bewundere ich. Ich kenne niemanden, der Sachverhalte so schnell erfassen kann wie er. Was er dann damit macht, ist eine andere Sache. Das dauert oft. Aber ja, auch das mag ich mittlerweile. Das Zaudernde. Das Zweifelnde. Irgendwo in diesen Gehirnwindungen befinden sich Knoten, Knöpfe, Umleitungen, sodass aus einer brillanten Analyse entweder falsche oder gar keine Schlussfolgerungen gezogen werden. Hm. Ich sollte bei den positiven Seiten bleiben. Nun ja, auch die ist irgendwie positiv. Thomas verrennt sich nicht leicht. Da rennt er lieber gar nicht.«

Sie zögert, ob sie weiterreden soll. Sie entscheidet sich dagegen.

»Bei mir war's das auch.«

Thomas wirft das Zettelchen in die leere Pistazien-Schale, zündet die Kerze an und stellt sie nach kurzem Überlegen auf den Tisch zurück.

»Müssen wir das irgendwie kommentieren?«, fragt er. Er ist sich noch immer nicht sicher, ob er von Sandras Aussage geschmeichelt oder beleidigt sein soll.

»Wir können alles, wir müssen nichts«, sagt Leo und bricht gemeinsam mit Elisabeth in lautes Gelächter aus. Thomas und Sandra sehen sie ratlos an.

»Sorry«, erklärt Elisabeth, »ist so ein Spruch, der am Eingang der meisten Swingerclubs steht. Passt aber auch hier ganz gut. Nun ja, dann machen wir einfach weiter. Im Uhrzeigersinn, also ist Leo dran.«

Die 2. Kerze

»Irgendwie ist es unfair«, sagt Thomas, bevor Leo eine Kerze aussuchen kann. »Ich meine, ihr kennt alle Fragen. Ihr habt sie sogar erfunden! Für euch gibt es keine Überraschung!«

»Da hat er recht«, bestätigt Sandra.

»Davon abgesehen, dass ich es ganz schön finde, wenn ihr mal zusammenhaltet«, sagt Elisabeth, »haben wir die Fragen zwar zusammengestellt, aber Antworten haben wir uns keine gegeben. Wir wissen nichts über euch, ihr wisst nichts über uns. Auch für uns ist vieles neu.«

»Wann haben wir nicht zusammengehalten?«, will Sandra wissen. Doch Leo übergeht ihre Frage und schnappt sich eine Kerze vom Rand. Er entfaltet den Zettel und liest.

»Oh weh«, seufzt Leo und liest vor: »Schildere dein peinlichstes Sex-Erlebnis.« Er denkt kurz nach und greift nach seinem Glas: »Könnte ich vielleicht noch einen Schluck haben?«

»Kein Problem«, sagt Thomas und schenkt allen nach.

»Da haben wir es schon«, beginnt Leo, »von wegen: Ihr seid benachteiligt. Ich weiß nicht, manche würden das Erlebnis vielleicht nicht peinlich finden. Ich hab das anders gesehen. Und ich weiß nicht mal, ob ich Elisabeth schon davon erzählt habe oder nicht.«

»Ich bin gespannt«, sagt Elisabeth.

»Also das ist nach meiner Scheidung passiert, relativ kurz nach der Scheidung. Ich hab damals das Gefühl gehabt, ich bin nun so richtig frei und kann tun und lassen, was ich will. Das hat auch irgendwie gestimmt, aber so genau hab ich anscheinend noch gar nicht gewusst, was ich eigentlich lassen und tun will. Auf eine neue Partnerschaft hatte ich definitiv keine Lust, aber ich wollte … nun ja, Sex. Endlich mal wieder eine Frau berühren nach dem ganzen hässlichen Hickhack mit der Scheidung. Aber ohne Verpflichtungen! Ohne Bindung! Ich wollte mich auch nicht anstrengen, und wie man jemand neues kennenlernt, das wusste ich eigentlich gar nicht mehr … und es wäre mir auch zu anstrengend gewesen.«

»Das hattest du schon erwähnt«, wirft Sandra ein.

»Wir wollen versuchen, nicht zu unterbrechen, wenn jemand dran ist«, tadelt Elisabeth.

»Nun ja«, fährt Leo fort, »es war nach einem Abend mit einem alten Kumpel, wir hatten ziemlich viel getrunken, und ich bin einfach mal zu Fuß nach Hause losgegangen. Wird schon ein Taxi vorbeikommen, hab ich mir gedacht, aber es war ziemlich spät, und ich bin lange gegangen, und da kam ich an so einer Tür vorbei … so eine verspiegelte Tür mit einer Nummer drauf, Asia Massage steht da, zärtliche

Thai-Mädchen … und ein paar Bilder von einer lächelnden Frau mit einem schönen, festen Busen, und es gibt ein Leuchtschild, open. Open also, hab ich mir gedacht, und dass ich noch nie eine Asiatin … Also ich hatte noch nie eine Asiatin, und ich war ziemlich betrunken …«

»Alkohol ist aber schon eine miese Ausrede, oder?«, sagt Elisabeth. »Und was ist das für ein Blödsinn mit der Asiatin, die du noch nie hattest? Wolltest du Kontinente sammeln beim Sex, oder was?«

»Wir wollen versuchen, nicht zu unterbrechen«, äfft Sandra Elisabeth nach. Diese macht eine beschwichtigende Geste und legt sich den Zeigefinger auf die Lippen.

»Okay, du kennst die Geschichte noch nicht«, sagt Leo, nimmt einen Schluck Wein und überlegt, ob er weitererzählen soll. Aber jetzt ist es ohnehin schon zu spät. Und Elisabeth wird ihm nicht wirklich böse sein. »Ich hab also geläutet und ziemlich Herzklopfen bekommen, ich bin ja kein Puffgeher oder so, ich hab da keine oder fast keine Erfahrung, und dieses Verbotene, Sündige, das war schon aufregend. Ich warte und warte und will – fast erleichtert – schon wieder gehen, da öffnet sich die Tür, und eine kleine, unscheinbare Frau steht da. Winzig ist sie eigentlich. Mit den Frauen auf den Bildern hat sie nicht die geringste Ähnlichkeit. Sie ist auch keine Thailänderin, sondern Chinesin, also das glaub ich zumindest, aber was weiß ich … Sie ist jedenfalls so gar nicht … sexy. Sie errät meine Gedanken und dass ich eigentlich abhauen will, nimmt mich an der Hand und zieht mich hinein.«

»Sie hat dich quasi vergewaltigt«, ätzt Sandra. »'tschuldigung«, fügt sie hinzu, als Thomas tadelnd gegen ihr Knie boxt. »Ich weiß nur nicht, ob ich den Rest der Geschichte hören will.« Sie weiß aber auch nicht, wohin sie gehen soll, also bleibt sie sitzen und hört mit verkniffenen Lippen Leos Erzählung zu.

»Es ist wahnsinnig heiß drinnen, ein Doppelbett steht in einem winzigen Zimmer, der Fernseher läuft, irgendwelche Musikvideos, die Asiatin – wie soll ich sie denn nennen? – gibt mir einen Kuss auf die Wange und sagt: Hundert. Das ist das einzige Wort, das sie auf Deutsch kann. Hundert. Also gebe ich ihr hundert. Sie zieht sich mechanisch aus und legt sich aufs Bett. Massage?, frage ich, weil das stand ja an der Tür, und Massage, na ja, das wäre irgendwie unverbindlich gewesen. Oder na gut, man hätte sich einbilden können, dass das unverbindlich ist. Aber sie versteht mich nicht. Sie versteht nur hundert. Also ziehe ich mich auch aus, aber ich fühle mich schon vollkommen abgeturnt. Im Fernsehen läuft ein Sommerhit-Video mit einem unglaublich nervenden Refrain. Ich leg mich also neben sie auf das Bett und … Also sie bemüht sich ziemlich, aber es geht nichts, gar nichts.«

Leo sieht in die Runde. Es dürfte allen unangenehm sein, wenn man die Gesichter so ansieht.

»Aber es spricht doch für mich, dass nichts geht, nicht wahr?«, versucht er es mit einem Scherz. »Nun ja, ich will die Geschichte abkürzen. Sie hat dann noch umständlich den Fernseher auf Video umgeschaltet und versucht, mich mit einem Porno heißzumachen, aber das macht alles nur noch schlimmer. Sie bemüht sich und wirkt ziemlich ratlos … und mir fallen alle Fernsehbeiträge oder Artikel ein, die ich je gesehen oder gelesen habe, über Zwangsprostitution, Menschenhandel, brutale Zuhälter …«

»Spät, aber doch.« Diesmal ist es Thomas, der unterbricht, aber Leo möchte zumindest jetzt fertig werden und lässt sich nicht beirren: »… und ich möchte nur gehen, aber das kommt mir seltsamerweise unhöflich vor. Ich weiß nicht, wie ich aus der Geschichte rauskommen soll, die Frau tut mir plötzlich unglaublich leid, und mich ekelt vor der ganzen Situation, also stehe ich auf, ziehe mich an … Sie sieht mich an, als ob sie schuld wäre … Ich gebe ihr noch fünfzig Euro dazu, das ist meine Wiedergutmachung, und laufe schnell auf die Straße hinaus an die frische Luft.« Leo atmet durch, er spürt die Erleichterung heute noch. »Meine Tochter hat in dieser Woche bei mir geschlafen, wir haben uns das aufgeteilt, meine Ex und ich, sie war damals fünfzehn Jahre alt, meine Tochter, und ich bin wie immer in ihr Zimmer, um zu sehen, ob sie gut schläft, und ich sehe ihr Mädchengesicht auf dem Polster liegen, sie atmet friedlich, ein Fuß sieht unter der Decke hervor, ich flüstere gute Nacht, und dann muss ich heulen. Weil ich jeden umbringen würde, der glaubt, er kann meine Tochter kaufen oder verkaufen. Und weil die Asiatin auch eine Tochter ist. Das wird mir plötzlich klar. Ich heule, weil ich mich schäme.«

Eine kleine Pause. Leo sieht zu Boden. Er nimmt die Kerze, zündet sie an und stellt sie auf das kleine Kästchen neben der Küchentür. Möglichst weit weg.

»Gestern beim Spiel-Basteln haben wir uns die Antwort auf die Frage lustiger vorgestellt.« Elisabeth unterbricht das Schweigen. Aber nur kurz. Danach wird es wieder still. Nur die alten Herren vom Buena Vista Social Club grölen fröhlich vor sich hin.

»Hat jemand ein lustigeres peinlichstes Sex-Erlebnis?«, versucht es Leo mit einer Frage an die Runde, allerdings erfolglos. Alle lächeln vor sich hin, als ob sie das nichts anginge. Puh, denkt Elisabeth, das Jugenderlebnis mit dem Skilehrer, der zu jodeln begonnen hat, ich weiß nicht, ob ich das erzählt hätte. Also lustig war sie vielleicht schon, die Geschichte … aber nicht gerade sexy. Die Story mit der abgebrochenen und verlorenen Spargelspitze darf ich für mich behalten, freut sich Sandra. Das mit dem Typ in der Sauna, erinnert sich Thomas … Oh ja, das war wirklich peinlich. Ist es heute noch. Hoffentlich bekomme ich keine solche Frage!

Die 3. Kerze

»Na gut«, meint Elisabeth. »Lassen wir das einfach so stehen.«

»Viel steht nicht«, sagt Thomas. Leo findet das lustig und prustet los, erleichtert, dass jemand mit einem Witz die Stimmung ein wenig lockert. Thomas stimmt in sein Lachen ein. Die beiden Frauen sehen einander zweifelnd an.

»Ich bin dran«, fährt Elisabeth fort. Sie nimmt kurz entschlossen das Teelicht, das ihr am nächsten steht, entfaltet den Zettel und liest: »Erzähle, was dich berührt. Lass dich berühren!«

»Mhm«, gibt sie von sich. Ich mag, wenn sie »Mhm« macht, denkt Leo. Sie fügt das auch oft zwischen den Worten eines Satzes ein, wenn sie nicht weiterweiß. Das bedeutet für ihn, sie wählt ihre Ausdrücke mit Bedacht.

»Was mich berührt, ist Leos Liebe«, sagt Elisabeth.

»Ein schöner Titel«, wirft Thomas ein, »jetzt neu im Buchhandel: Leos Liebe.«

»Pscht«, macht Sandra.

»Leo ist einfach immer aufmerksam. Immer wertschätzend. Wie soll ich es sagen … Ich war schon einmal verheiratet, über fünfundzwanzig Jahre lang.

Peter war meine Jugendliebe, wir kannten uns von der Uni …«

»Oh, du hast studiert? Was denn? Mülltrennung?« Sandra hat gut aufgepasst.

»Also, jedenfalls hat Peter studiert, nun ja, wieso habe ich eigentlich mit Peter angefangen?« Zum ersten Mal an diesem Abend wirkt Elisabeth unsicher. »Ich will ja niemanden vergleichen … und ich war jung … Mit Peter war ich fünfundzwanzig Jahre zusammen. Es war anders … nach so langer Zeit … so gewohnt …«

»Wie lange seid ihr zusammen?«, will Thomas wissen. »Leo und du?«

»Seit drei Jahren«, antwortet Leo.

»Ihr werdet schon noch in den Gewohnheitsmodus kommen«, sagt Thomas. »Man nennt das Habituationsprozess, der in jeder Beziehung nach einigen Jahren einsetzt. Das Phenylethylamin nimmt ab, das ist ganz normal.«

»Das was?«, will Leo wissen.

»Phenylethylamin. PEA.«

»Was ist das?«

»Ein körpereigener Glücksstoff.«

»Kann man den kaufen?«, will Sandra wissen.

»Ja«, antwortet Thomas und sieht Sandra so eindringlich an, dass ihr ganz bang wird. »Aber meistens rettet PEA keine Beziehungen, man wird nur ein bisschen high davon.«

»Wer sagt, dass wir eine Beziehung retten müssen?«, will Sandra wissen.

»Darf ich weitermachen?« So bestimmend sie bisher aufgetreten ist, so weich und unentschlossen wirkt Elisabeth nun. Und fast klingt es, als würde sie sich verteidigen, als sie fortfährt: »Bei uns gibt es keine Gewöhnung. Es ist natürlich nicht mehr wie in den ersten Monaten, Gott sei Dank, muss ich sagen, das ständige Herzrasen und das völlig berauschte Hirn, das würde auf Dauer niemand aushalten … Aber Leo! Leo ist immer noch genauso mir zugewandt. Er schenkt mir Wein nach. Er fragt mich, ob ich Kaffee will, wenn er sich einen macht. Er küsst mich vor dem Schlafengehen. Er sagt jeden Tag mindestens siebenundzwanzig nette Dinge zu mir. Ich fühle mich einfach unglaublich wohl mit ihm. Seine Liebe umfängt mich die ganze Zeit. Ich habe noch nie jemanden erlebt, der so lieben kann wie er. Das berührt mich. Tag und Nacht.«

Während Leo ganz feuchte Augen bekommt und Elisabeths Hand in seine genommen hat, sehen Thomas und Sandra einander ratlos an.

»Und deshalb seid ihr also Swinger geworden?«, fragt Thomas vorwurfsvoll.

»Deshalb sitzt ihr hier«, legt Sandra nach, »weil ihr das supertolle Paar seid, das nur manchmal ein bisschen Abwechslung braucht?«

»Das eine hat doch mit dem anderen überhaupt nichts zu tun!« Elisabeth merkt, dass sie sich aufregt. Und sich verteidigt. Das ist nicht gut! Wer sich verteidigt, befindet sich bereits im Nachteil.

»Ihr sitzt jetzt hier wie das Muster-Paar«, hakt

Thomas nach, »aber warum seid ihr hier? Weil ihr Sex wolltet. Sonst nichts.«

»Aber das ist doch etwas vollkommen anderes!« Jetzt ist es Leo, der für Elisabeth einspringt.

»Ach so«, wirft sich wiederum Sandra dazwischen, »Sex und Liebe sind also etwas vollkommen anderes?«

»Bis zu einem gewissen Grad ja«, antwortet Leo. »Aber ich bin da nicht so gut … beim Erklären …«

Nun ist es Elisabeth, die ihm hilft: »Liebe braucht Nähe. Erotik braucht eine gewisse Distanz.«

»Also ich brauche auch für Erotik Nähe. Oder für Sex, nennen wir es beim Namen«, widerspricht Thomas. »Mich interessiert das doch überhaupt nicht, wenn keine Nähe da ist. Was heißt, ich kann es nicht!«

»Das stimmt«, bestätigt Sandra. »Thomas ist so. Wenn wir mal nicht so eng sind, wenn irgendetwas nicht passt, dann will er nicht. Dann kann er nicht.«

»Und du schon?«, will Leo wissen.

»Ich … Also Thomas hat da sicher mehr weibliche Anteile als ich.«

»Männlich, weiblich, was heißt das schon?« Thomas sieht Sandra etwas irritiert an. »Das sind doch alles gesellschaftsspezifische Geschlechterprojektionen.«

Leo möchte zwar wissen, was das genau bedeuten soll, aber Sandra fährt fort. »Thomas braucht Nähe und Sicherheit, das ist die Voraussetzung für Sex. Er ist nicht der Typ für den One-Night-Stand.«

»Woher willst du das wissen?«, fragt Thomas.

Sandra lacht auf: »Ich kenn dich jetzt schon ein paar Jahre. So etwas kannst du nicht. Erinnere dich doch, damals, wie du mit Sabine geschmust hast… Das hat gereicht… Da warst du tagelang völlig durch den Wind.«

»Als du mit Sabine geschmust hast«, korrigiert Thomas.

»Ah, ihr schmust also auch anderswo rum, aber uns macht ihr Vorwürfe?« Leo ist nicht wütend, nein, das nicht, aber wenn sich die beiden nun ihre Wahrheiten irgendwie zurechtlegen, gefällt ihm das auch nicht.

»Wir schmusen nicht rum!« Nun wird auch Thomas lauter. »Jedenfalls ich nicht.«

»Was willst du damit sagen?« Sandra schließt sich der erhöhten Lautstärke an.

»Ich will sagen, dass ich da einen einmaligen Ausrutscher mit einer Jugendliebe hatte, und es stimmt, einmal ein bisschen schmusen, und ich war tagelang irritiert… verliebt… beschämt.«

»Siehst du«, sagt Leo, »wir machen das auch, aber wir nennen es nicht Ausrutscher, und wir sind auch nicht beschämt. Im Prinzip machen wir dasselbe, nur stehen wir eben dazu.«

»Und das ist so toll?«, will Thomas wissen.

»Jedenfalls ehrlicher und angenehmer«, antwortet Leo ruhig.

»Aber wir machen das doch nicht absichtlich!«, wirft Sandra ein. »Da ist kein Vorsatz! Wir geben keine ekligen Inserate auf schmuddeligen Seiten auf! Uns passiert so etwas! Höchstens!«

»Oh, es passiert!« Elisabeth lacht. »So ganz irrtümlich, was? Und nicht nur Thomas, sondern dir offensichtlich auch.«

Sandra beißt sich auf die Unterlippe.

»Ja, vielleicht sogar Sandra«, sagt Thomas.

Es wird still.

Ay candela, candela, candela me quemo aé …, kommentiert Ibrahim Ferrer vom Buena Vista Social Club. Ay ay ay …

Ja, das tut weh, wenn man sich an der Kerze verbrennt. Elisabeth nimmt ihre, zündet sie an, geht auf die Terrasse und stellt sie dort auf das kleine Tischchen neben den Aschenbecher.

»Vielleicht sollten wir eine rauchen gehen«, schlägt Thomas vor.

»Was heißt wir?«, will Sandra wissen. »Thomas!«

Da ist es wieder, dieses Thomas!, denkt Thomas, seine Mutter kommt ihm in den Sinn, und das beschwichtigt ihn nicht.

»Thomas! Du wirst sicher nicht wieder zu rauchen beginnen!«

Elisabeth findet das mit dem Rauchen eine gute Idee. Sandra nimmt die leeren Schalen und trägt sie in die Küche. Leo geht ihr nach.

»Sollen wir die nachfüllen, oder sollen wir gehen?«, fragt er.

»Ich habe noch Pistazien und Wasabi-Nüsse«, antwortet Sandra ausweichend.

»Na dann … Ein Krug Wasser wäre vielleicht auch nicht schlecht. Der Wein ist auch aus. Aber da mag ich Thomas natürlich nicht in seinem Revier in die Quere kommen.«

Sandra füllt die kleinen Snacks nach, während Leo Wasser in den Krug laufen lässt, den sie ihm gereicht hat. Sie sieht ihn auffordernd an: »Bei mir wäre es dir egal gewesen, was? In das Revier von Thomas einzudringen. Aber beim Wein bist du vorsichtiger.«

»Aber das ist doch etwas anderes. Und bei beidem muss man um Erlaubnis fragen. Alle müssen einverstanden sein. Das ist ja wohl klar. Das ist die Grundvoraussetzung. Aber du … du bist ja auch ein bisschen so, oder?«

»Ein bisschen wie?«

»Also du verliebst dich nicht gleich, nur weil du mal mit wem rumschmust. Und ein bisschen Distanz beim Sex, das stört dich doch nicht?« Sandra sieht ihn an und seufzt. Sie möchte Thomas nicht in den Rücken fallen, nein, das will sie keinesfalls. Aber dieser Leo gefällt ihr. Oder zumindest gefällt ihr, dass er Gefallen an ihr zeigt. Und da muss man ja jetzt nicht unbedingt total abweisend sein, oder? Sandra lächelt und sieht Leo in die Augen. Länger, als man das üblicherweise macht. »Ja«, haucht sie. »Ich bin da ein bisschen cooler.«

Bevor Leo überlegen kann, wie er auf diese Äußerung reagiert, läutet sein Telefon. Und er ahnt, wer es ist, denn er hat das Handy so eingestellt, dass ihn nur seine drei Frauen anrufen können. »Ja, Mama! Nein, Mama! Bitte nicht! Ich habe dir doch gesagt, du sollst den Adventkranz nicht mehr anzünden! Hast du eh nicht? Du hast was? ... Okay, die Zünder nicht gefunden. Also Mama, hör mir zu: Du schaust jetzt fern, ja? Und dann gehst du schlafen und rufst mich vorher noch einmal an, okay. Bussi ... ja ... Bussi, Mama.«

Elisabeth hat es sich auf der Terrasse gemütlich gemacht. Sie hat sich eine Zigarette angezündet und dann Thomas eine angeboten. Kurz hat sie überlegt, ob sie das tun sollte. Ihn in Versuchung führen. Aber erstens ist er volljährig, und zweitens ist sie weder seine Krankenschwester noch seine Mutter.

Thomas lehnt am Geländer der Terrasse und zündet sich die Zigarette an. Die erste seit einem halben Jahr. Er zieht den Rauch tief ein und sieht Elisabeth an. Sie lächelt.

»Herrlich«, sagt er.

»Tut mir leid, dass ich dich verführt habe«, sagt sie. »Aber so, wie es geklungen hat, wird es die einzige Verführung bleiben.«

»Das glaube ich auch.«

»Du bist keiner von diesen ... normalen Männern.«

»Nein. Ich ... Ich will das nicht. Mir macht das ...«

»Angst?«, schlägt Elisabeth vor.

»Nein, nein ... Ich will es einfach nicht.«

»Aber es hat dich doch aufgeregt, mit ... Wie hieß sie noch mal?«

»Sabine.«

»Mit Sabine zu schmusen.«

»Eben. Aber ich will mich nicht aufregen. Und Sandra will ich auch nicht aufregen. Ich will mit ihr zusammen sein. Und zwar nur mit ihr. Das ist doch … normal! Ihr stellt mich jetzt hin, als ob ich der Perverse wäre!«

»Ich denke, niemand von uns ist pervers«, gibt sich Elisabeth versöhnlich. Rauchen beschwichtigt sie. »Es ist doch einfach unglaublich aufregend, fremde Haut zu spüren«, fährt sie fort. »Dieses Gefühl, Neuland zu entdecken. Einen neuen Geruch. Neue Mulden und Erhebungen. Reaktionen hervorzurufen, die man so noch nie erlebt habt. Zu berühren … und sich berühren zu lassen. Das magst du doch auch? Davon träumst du doch manchmal, nicht? Vor dem Einschlafen? Thomas?«

Thomas hat plötzlich abwesend gewirkt. Ist ihm von der Zigarette schwindlig oder von dem, was Elisabeth gesagt hat?

»Träumen vielleicht, ja. Aber ich mache es nicht! Ich will es nicht! Ich kann es auch nicht.« Mein Gott, denkt Thomas, wäre ich doch ein bisschen cooler. So cool wie andere. Und da kommt sie wieder, die dunkle Wolke.

»Kannst du es nicht, weil du es nicht willst? Oder willst du es nicht, weil du es nicht kannst?«

Thomas kneift die Augen zusammen und sieht Elisabeth an. »Für einen Müllmann stellst du aber hintergründige Fragen.«

Sie lacht. »Nur weil man in der Abfallwirtschaftsbranche arbeitet, muss man kein Idiot sein.«

»Tatsache ist, dass es nicht funktioniert. Bei Leo doch auch nicht, der braucht ebenfalls Nähe! Hat er doch gerade erzählt.« Thomas drückt seine Zigarette aus.

»Deshalb erleben wir unsere Abenteuer auch immer gemeinsam. Ich glaube, es ist einfach beides in jedem Menschen vorhanden.«

Leo und Sandra stecken ihre Köpfe aus der Terrassentür.

»Na? Wollen wir weitermachen?«

Elisabeth steht auf und vollendet ihren Satz: »Es sind Gegensätze, aber ich glaube, alle kennen das, diese Zerrissenheit. Sehnsucht nach Vertrautheit. Und Sehnsucht nach Neuem.«

»Aha, wovon habt ihr denn geredet?«, fragt Sandra kokett. »Wir haben über Wein geredet. Und Leo hat sich nicht getraut, eine neue Flasche aus dem Kühlschrank zu holen. Er hat übrigens unseren Weinkühlschrank bewundert. Aber er fände es extrem übergriffig, ja, übergriffig hat er gesagt, einfach eine Flasche zu nehmen.«

»Wasser hab ich mich getraut!« Leo hält die Karaffe in die Höhe. »Und Mama hat angerufen. Sie wollte den Adventkranz anzünden, hat aber die Streichhölzer nicht gefunden. Die wird mich noch in den Irrsinn treiben!«

Thomas geht in die Küche und kommt gleich darauf mit einer Flasche Weißwein zurück. »Ich würde vorschlagen, wir bleiben beim Sauvignon. Vielleicht steigen wir dann später auf Rot um?«

»Kommt drauf an, wie sich der Abend entwickelt«, sagt Sandra.

»Wie sollte er sich entwickeln?«, will Elisabeth wissen. Sandra zuckt mit den Schultern? Was war das? Ein mehrdeutiges Lächeln auf ihren Lippen?

»Ich hoffe vor allem, die nächste Frage ist lustiger«, sagt Leo.

»Ob die Frage lustig ist, beschäftigt mich weniger. Ob die Antwort lustig wird, das ist die Frage.« Thomas sieht Sandra auffordernd an. Eine Frage hat sie schon beantwortet. Die Zusatzfrage sozusagen.

Sandra ist nicht mehr so nervös wie noch vor einer halben Stunde. Seltsamerweise – Leo beruhigt sie. Und wenn ihr das Zettelchen nicht behagt, dann wird sie einfach nichts sagen. Oder lügen. Das macht sie nicht gern, eigentlich. Aber sie kann es ganz gut.

Die 4. Kerze

Als alle wieder sitzen und Thomas Wein nachgeschenkt hat, lässt Sandra ihre Hand über die Kerzen kreisen. Wenn schon spielen, dann will sie es ein bisschen inszenieren. Sie schließt die Augen, atmet tief ein, schnappt sich ein Teelicht und stößt dramatisch die Luft aus.

Sie entfaltet das kleine Papierstück und liest: »Ziehe einem Menschen deiner Wahl ein Kleidungsstück aus.«

Alle lachen. Leo und Elisabeth, weil ihnen Sandra ein wenig leidtut. Die Stimmung ist nun wirklich nicht gerade nach Striptease, obwohl sie sich doch ein klein wenig gebessert hat. Thomas lacht hämisch. Und Sandra verlegen. Aber ihre Show, die will sie sich nicht nehmen lassen, jetzt, da sie endlich ein bisschen Spaß an diesem Spiel gefunden hat.

Sie steht auf, stellt sich hinter Thomas und legt ihm die Hände auf die Schultern. Thomas zuckt leicht, aber doch merklich zusammen. Bitte nicht ich, nur nicht ich, denkt er. Was könnte man Thomas ausziehen, überlegt Sandra ... die Brille? Dann wäre er bei diesen Lichtverhältnissen praktisch blind, das könnte interessant werden. Aber ist die Brille ein

Kleidungsstück? Nein, das würde Thomas wohl nicht durchgehen lassen. Ausgerechnet Thomas! Seine Jacke? Dann wird ihm kalt. Die Hose? Aber wer weiß, welche Unterhose er trägt. Vielleicht die rostfarbene, die hinten schon so abgewetzt ist, das wäre dann auch Sandra peinlich. Sie ist zwar nicht der Meinung der Lippenstift-Oma, die behauptet: »Das tadellose Aussehen des Mannes ist die Visitenkarte der Frau.« Aber ein bisschen verantwortlich fühlt sie sich doch.

Sie geht hinüber, stellt sich zwischen Fenster und Sofa hinter Leo und legt auch ihm mit einer theatralischen Geste die Hände auf die Schultern. Leo räkelt sich genüsslich, als wollte er sagen, mehr davon bitte … Die Hose würde sie ihm sicher nicht ausziehen, das wäre vollkommen unpassend. Jedenfalls in diesem Augenblick des Abends. Aber das Hemd? Die beiden obersten Knöpfe sind geöffnet, Sandra kann aus ihrer Position die Ansätze seiner Brüste sehen, ja, auch Frauen finden männliche Brüste interessant. Und manche Männer lieben es, wenn man sie da streichelt und küsst, das geht nicht nur Frauen so. Sie fährt mit zwei Fingern kurz über seinen Hals und geht weiter zu Elisabeth.

Auch ihr legt Sandra die Hände auf die Schultern, mit einem Seufzer.

No deje camino por coger la vereda … Der Weg muss einfach gegangen werden. Der Buena Vista Social Club weiß das und hat längst schon wieder von vorne zu singen begonnen.

Sandra staunt, wie gut sich Elisabeths Schultern anfühlen. Sie streicht ein wenig ihre Arme entlang hinunter. Mit ihren Fingerspitzen streift sie dabei ihre Brüste. Sandra erschrickt ein wenig, das hat sie nicht absichtlich gemacht. Elisabeth scheint es nicht zu stören. Ganz im Gegenteil, sie gibt ein kleines, erstauntes Geräusch von sich. Ihre Brüste sind groß, fühlt Sandra, üppig und weich. Sie könnte einfach Elisabeths Bluse öffnen und ihr den BH ausziehen. Schwarz ist der BH, das sieht sie, wenn sie ihr über die Schulter schaut. Die Bluse könnte sie ja anlassen, vielleicht wieder ein wenig zuknöpfen, dann wäre sie nicht halbnackt, würde aber wohl einen sexy Anblick abgeben. Da hätte Thomas seine Freude, er schaut gerne, das gibt er zu. »Ich schaue ja nur«, wie oft hat sie das von ihm gehört. Sandra wäre es manchmal fast lieber, er würde nicht nur schauen, sondern auch etwas tun … ein bisschen was zumindest. Das wäre für sie in gewisser Hinsicht einfacher. Thomas liebt Brüste. Angeblich hat ihn seine Mama nie gestillt, das erzählt er zumindest. Das Spiel ist ein Freibrief. Sie kann Elisabeth einfach den BH ausziehen, der würde das vielleicht sogar gefallen, und wer weiß, vielleicht würde sich Thomas dann endlich mal trauen, nicht nur zu schauen. Das fände sie zwar nicht unbedingt toll, aber es hätte auch gewisse Vorteile. Zum Beispiel für ihr Gewissen.

»Puh, du machst es spannend«, stöhnt Thomas.

Sandra erschrickt, als sie aus ihrer Traumwelt gerissen wird. Weder möchte sie einer fremden Frau den BH ausziehen, noch möchte sie Thomas diese Freude machen, und am allerwenigsten will sie dabei zusehen, wie er Freude daran hat! Sie setzt sich zurück in ihr Fauteuil. Ist sie eine Person? Ja! Kann sie sich selbst wählen? Es steht nichts Gegenteiliges auf dem Zettelchen!

Sandra zieht mit einer schnellen Bewegung ihre linke Socke aus.

Alle schmunzeln.

»Ist mal ein Anfang«, sagt Leo.

Aber eigentlich findet er es enttäuschend, das kann er schlecht verbergen, denkt Sandra. Dabei hat sie wirklich Mut bewiesen, ihren breiten, riesigen, runzeligen, affenartigen, schrecklichen Fuß der Öffentlichkeit zu präsentieren. Sie zündet ihr Teelicht an und stellt es zurück auf den Tisch.

»Du hast hinreißende Füße«, sagt Thomas.

»Danke«, gibt Sandra zurück und zieht sich die zweite Socke auch aus, damit sie nicht wie ein Clown herumläuft. »Du bist dran.«

Die 5. Kerze

Thomas sieht die Teelichter an und entscheidet sich für eines, in dem zwei Zettel liegen – ein kleiner und ein großer. Der große ist zusammengerollt.

»Eine interessante Wahl«, sagt Leo.

»Die Rolle ist die Auflösung. Der Zettel ist die Aufgabe«, fügt Elisabeth hinzu.

Thomas entfaltet das kleinere Papier und liest: »Offene Runde. Erratet die Top-3-Sex-Fantasien von Männern und dazu die Top-3-Sex-Fantasien von Frauen.«

»Das ist unfair!« Sandra nimmt Thomas den Zettel aus der Hand. »Offene Runde. Aber so offen ist sie ja nicht. Ihr kennt die Auflösung. Ihr habt sie schon gelesen!«

»Wir haben sie nicht gelesen!« Elisabeth und Leo ist es gelungen, den Satz genau gleichzeitig auszusprechen. »Wir haben das im Internet gefunden und gedacht, es wäre spannend«, erklärt Leo. »Wir haben die Seite mit den Lösungen nicht gelesen. Sonst wäre es auch langweilig für uns.«

»Außerdem gibt es ja nichts zu gewinnen, Sandra«, lenkt Thomas ein. »Ist doch egal. Interessante Frage. Ich möchte nur wissen: Geht es um unsere Top-3-

Sex-Fantasien oder darum, was wir denken, was die Top 3 sind?«

»Letzteres, würde ich sagen«, meint Elisabeth. »Das Ganze war eine Umfrage unter je fünfhundert Männern und Frauen. Und wir sollen erraten, welche geheimen Wünsche ganz oben auf der Liste stehen. Egal, ob das jetzt mit unseren korreliert oder nicht.«

»Sagt ihr oft korreliert bei der Müllabfuhr?«, will Thomas wissen.

»Was hast du für ein Problem mit der Müllabfuhr?« Elisabeth sieht Thomas an und schüttelt den Kopf. »Also gut«, korrigiert sie sich, »egal, ob es mit unseren eigenen Wünschen übereinstimmt oder nicht.«

»Danke«, gibt Sandra zurück, »wir wissen, was korraliert heißt.«

»Korreliert«, verbessert Thomas, merkt aber an Sandras Lächeln, dass er ihr schon wieder auf den Leim gegangen ist. Er hat sie so lieb, wenn sie ihn auf den Arm nimmt. Das war schon immer so. Ach Sandra, du bist so schön, du bist so klug, du bist so wunderbar! Warum ist alles so … Aber weiter jetzt, Thomas! Keine dunkle Wolke aufziehen lassen. »Also gut, meine Frage, ich fange an. Mit den Männern oder mit den Frauen? Alle drei Fantasien auf einmal oder eine nach der anderen?«

»Deine Frage – du entscheidest«, sagt Leo.

»Gut. Wir fangen mit den Frauen an. Wie immer im Uhrzeigersinn. Also ich sage, Frauen wünschen sich: erstens Zärtlichkeit, Kuscheln, Küssen, Streicheln und so weiter. Zweitens Gespräche vor und nach dem Sex. Vielleicht auch mittendrin. Sie wollen auf jeden Fall reden. Immer reden!«

Sandra hakt ein: »Das sind jetzt aber keine Fantasien. Das sind Wünsche. Sag ich nur, weil du es ja immer so genau nimmst mit der Sprache.« Sandra ist zufrieden. Erstens hat sie Thomas korrigieren können. Und zweitens hätten seine Gedanken über die geheimen Fantasien von Frauen viel schlimmer ausfallen können. Viel realistischer.

»Na gut, dann werde ich mich bei Drittens bemühen. Drittens …« Thomas überlegt und sieht in die Runde. »Drittens träumen sie davon, zu dominieren. Einen Mann zu fesseln, zu quälen, zu unterdrücken.«

Elisabeth kann nicht anders, sie bricht in schallendes Gelächter aus.

»Was ist?«, fragt Thomas irritiert. Elisabeth lacht noch immer. »Ob du da nicht deine Fantasien mit denen der Frauen verwechselst?«

»Ich glaube ganz im Gegenteil, dass Frauen manchmal davon träumen, unterworfen zu werden«, sagt Leo. »Also, wenn jetzt ich dran bin: Erstens – Frauen träumen davon, willenlos und willig genommen zu werden. Zweitens – Sex mit mehreren Männern. Nicht zu viele, aber zwei oder drei dürfen es schon sein. Drittens – sie fantasieren davon, dass ihnen beim Sex heimlich andere zusehen, dass sie also sozusagen heimlich begehrt werden.«

Leo nimmt einen Schluck Wein, Thomas schenkt

ihm sofort nach. Leo weiß nicht, ob er wieder peinlich war, weil seine Wortmeldung so ohne Reaktion bleibt. Aber er ist sich ziemlich sicher, dass er von Frauen mehr Ahnung hat als Thomas.

Drei Mal null Punkte, denkt Sandra. Ich will weder willig noch willenlos sein. Ich mag keinen Sex mit zwei Männern. Jedenfalls nicht gleichzeitig. Und zusehen soll mir schon gar niemand.

Thomas starrt in sein Weinglas, das er gedankenverloren in der Hand dreht. Eigentlich hat er keine Ahnung, wovon Frauen fantasieren. Er könnte bei Gelegenheit mal Sandra fragen, aber die würde ihm wahrscheinlich keine ehrliche Antwort geben. Nein, sie würde ihm sicher keine ehrliche Antwort geben.

Thomas sieht traurig aus, bemerkt Elisabeth. Oder wütend. Vielleicht eine Mischung aus beidem? Schmerz, der sich langsam in Wut verwandelt, das wäre jedenfalls ein Klassiker. Sandra sollte aufpassen, ihre Selbstsicherheit könnte schnell verschwinden.

»Jetzt wird es spannend«, sagt Thomas, »jetzt sagen die Frauen, was Frauen ihrer Meinung nach mögen.« Wer weiß, vielleicht verrät Sandra ja etwas?

»Nein«, korrigiert Elisabeth, »darum geht es nicht. Wir sollen nicht sagen, was Frauen mögen. Wir sollen sagen, was die Top-3-Fantasien sind. Aber Achtung! Nicht alle wollen das, wovon sie fantasieren!«

»Da hast du recht«, sagt Sandra. Diese Elisabeth hat schon was drauf, das muss sie anerkennen.

»Also«, übernimmt Elisabeth wieder, »nicht, was

Frauen wollen, aber wovon sie insgeheim träumen … Das ist … das ist gar nicht so leicht!«

»Stimmt!« Schon wieder muss ihr Sandra recht geben.

»Ich versuch's mal«, fährt Elisabeth fort. »Platz eins: einfach begehrt und genommen werden. Ohne große Umstände. Da sind keine Gesichter, nur erregte Körper. Das können ruhig mehrere sein.«

»Das hat Leo auch schon gesagt«, wirft Sandra ein.

»Die beiden kennen sich eben«, meint Thomas.

»Zweitens: heimliches Beobachten. Drittens: heimlich beobachtet werden.«

»Unheimlich viel heimlich«, bemerkt Leo und lacht.

»Nur zu zweit bist du jedenfalls nicht gerne, was?«, ätzt Sandra. »Aber ist ja klar, sonst wärt ihr nicht in dieser Szene.« Sandra nimmt die Worte diese Szene in den Mund wie andere ein schmutziges Taschentuch zwischen die Finger.

Thomas schenkt sich Wein nach. Trinken dämpft die Gefühle. In einer ersten Phase jedenfalls. »Jetzt sind wir gespannt auf deine Favoriten«, sagt er zu Sandra.

»Nun ja, eigentlich ist alles irgendwie schon gesagt. Ich versuch's mal ein bisschen abzuwandeln. Also Nummer eins wäre … Wie soll ich es sagen … … dominieren, ja. Einen Mann zur Verfügung haben, mit dem ich machen kann, was ich will.« Ist zwar gelogen, aber Thomas wird zufrieden sein.

»Hab ich ja gesagt«, meint Thomas.

»Ihr kennt euch eben«, sagt Elisabeth schmunzelnd. Aber sie glaubt Sandra nicht. Und Thomas tut ihr leid, weil er von Frauen tatsächlich sehr wenig Ahnung zu haben scheint.

Sandra trinkt ihren Wein aus und hält Thomas ihr Glas hin. Sie kann jetzt durchaus mehr riskieren, glaubt sie. Mal sehen, wie Thomas darauf reagiert. »Nummer zwei wäre dann der Reiz des Unbekannten. Sex mit einem Fremden.«

Thomas beobachtet sie aus dem Augenwinkel. Er sieht sie nicht an, nein. Er beobachtet sie heimlich. Und das macht ihr jetzt Angst. Aber das Ganze ist ja schließlich nur ein Spiel, nicht wahr?

»Nummer drei … Ich glaube, das ist ganz einfach … ganz einfach begehrt zu werden.«

Thomas, denkt Elisabeth, das ist ein Angebot an dich. Nein, mehr als das, es ist eine Aufforderung. Aber Thomas ist offensichtlich schon zu sehr mit anderen Gedanken beschäftigt, um es zu erkennen.

Sandra kippt ihr Glas hinunter. Thomas steht auf, um neuen Wein zu holen.

»Möchtest du das näher ausführen?«, fragt er.

»Wir sind ja unter uns«, assistiert Leo.

»Genau das ist das Problem!«, ruft Sandra aus. »Ich kenne euch gar nicht!«

»Aber das Tolle ist, wir sind dann weg, und aller Voraussicht nach sehen wir uns nie wieder.« Da hat Leo recht. Aber Sandra möchte jetzt vor allem Thomas etwas mitteilen. Thomas, der manchmal einfach vergisst, sie zu begehren.

»Wir fahren jedes Jahr nach Griechenland«, erzählt sie. »Samos. Wir haben dort unsere Bucht, sie ist ein wenig abgeschieden, es ist nicht viel los dort. Man muss eine halbe Stunde gehen, es sind eher jüngere, sportlichere Typen dort … Wir sind also im Urlaub und liegen am Strand, in unserer abgeschiedenen Bucht … Thomas liest. Thomas liest immer. Ich weiß nicht, ob er merkt, dass wir in Griechenland sind, wir könnten auch am Attersee sein oder an der Alten Donau, egal, Thomas hat nur Augen für Buchstaben. Wie ihr bereits bemerkt habt, reitet er auch gerne auf Buchstaben herum.«

»Sandra? Hallo Sandra? Entspann dich ein bisschen.«

»Das werde ich gleich tun. Thomas also liest, ja, ich lese auch ein bisschen, aber ich gehe auch schwimmen, allein schwimmen, am Strand spazieren, allein am Strand spazieren, und ich liege gerne in der Sonne. Ich bin da oben ohne … in unserer Bucht … und schließe die Augen, und manchmal stelle ich mir vor, all die Männer, die da am Strand liegen, und das sind viele, begehren mich, nur mich, und sie sind sehr erregt und … «

»Wir können es uns alle vorstellen!«, fährt Thomas dazwischen.

»So etwas gibt es nun mal«, sagt Elisabeth gelassen.

»Sogar bei Religionslehrerinnen«, fügt Leo hinzu und versucht, die spürbare Spannung durch ein herzhaftes Lachen zu entschärfen.

»Es ist ja nur eine Fantasie!« Elisabeth hält Thomas ihr leeres Weinglas hin. Er war in den vergangenen Minuten ein wenig zu abgelenkt, um ans Nachschenken zu denken. Thomas nimmt die Flasche aus dem Kühler, schenkt nach und fragt in die Runde, als ob die anderen eine Antwort wüssten: »Und was ist mit mir? Am Strand? In deiner Fantasie?«

Sandra denkt nach, bevor sie antwortet. Sie muss sich erst in die einsame Bucht zurückversetzen. »All die Männer stehen also um mich, und du hast … du hast mich endlich interessant gefunden. Beachtet. Was heißt, du hast endlich von deinem Buch aufgeschaut und überhaupt bemerkt, dass ich da bin!«

»Ach ja?« Jetzt ist Thomas tatsächlich aufgesprungen.

»Das ist in ihrer Fantasie, Thomas«, sagt Elisabeth. »Entspann dich.« Thomas sieht Elisabeth erstaunt an. Entspann dich. Das hat noch nie jemand zu ihm gesagt. Er setzt sich wieder und sieht Sandra fragend an.

»Fantasien sollten eben einfach Fantasien bleiben«, sagt Sandra beschwichtigend. »Wer hat nicht schon insgeheim davon geträumt, irgendwen umzubringen? Oder sich an jemandem zu rächen, der einem geliebten Menschen etwas Böses angetan hat? Mein Gott, was wir alles denken und uns ausmalen, und wir tun es nicht! Gott sei Dank! Wir müssen ein Gleichgewicht halten … Es kann einfach selbstzerstörerisch sein, allen seinen Impulsen zu folgen. So was machen nur Kleinkinder.«

»Und Borderliner«, fügt Elisabeth hinzu.

Sandra kennt diese selbstzerstörerische Seite an sich selbst nur zu gut. Und einige Male hat sie wirklich Mist gebaut und es danach bereut. Manchmal hat sie aber auch ihren geheimen Leidenschaften nachgegeben – und es war einfach nur schön. Wunderschön. Wo liegt die Grenze? Wie fließend ist diese Grenze? Die Grenze zwischen dem Ausleben von Wünschen und Selbstzerstörung? Wann verletze ich mich mehr – wenn ich meine Wünsche unterdrücke oder wenn ich sie auslebe? Ist es nicht auf jeden Fall besser, sie auszuleben? Und sei es nur, damit sie verschwinden, die Wünsche? Ein Zitat fällt ihr dazu ein, und sie wirft es in die Runde: »Laster kann man nur überwinden, indem man sie auslebt, hat Oscar Wilde gesagt.«

Natürlich hat sie Thomas vergessen, wie blöd von ihr, sie kennt ja seine Reaktion auf Zitate. Er sagt dann immer dasselbe, und prompt macht er das auch: »Wenn alle Zitate, die ihm zugeschrieben werden, tatsächlich von Oscar Wilde stammten, dann hätte er ungefähr siebentausend Bücher geschrieben.« Den Satz kennt Sandra auswendig. Thomas wendet ihn auch an, wenn jemand Aussprüche von George Bernard Shaw, Konfuzius oder Karl Lagerfeld zitiert.

»Die Frage ist viel eher, warum du Sehnsüchte als Laster bezeichnest«, sagt Elisabeth. »Und warum du selbst glaubst, dass du deine Wünsche überwinden musst?«

»Es geht um die Kollateralschäden«, antwortet Sandra. Sie hat Oscar Wilde eigentlich nie geglaubt. Und auch, wenn das Zitat gar nicht von ihm sein sollte – Oscar Wilde hat seine Sehnsüchte ausgelebt. Ist im Gefängnis gelandet, hat sein Ansehen und sein Geld verloren, hat sein Leben zerstört. »Wenn ich mehr kaputt mache, als ich gewinne, dann pfeife ich auf meine Sehnsüchte. So einfach ist das.«

»Wenn es denn so einfach wäre.« Thomas sieht Sandra durchdringend an. Es ist still geworden. Wieder hat Sandra dieses bange Gefühl. Was ist los mit Thomas? Was weiß Thomas?

Okay, weiter, denkt Elisabeth. Es wird etwas passieren, das spürt sie, das sagt ihr ihre Erfahrung. Bloß was? »Wollen wir jetzt vielleicht zu den Männern kommen?«, fragt sie. »Die Top-3-Sex-Fantasien der Männer? Thomas, du wärst dran.«

Thomas überlegt nicht lange und sagt: »Nummer eins – ein Dreier mit zwei Frauen. Sie kümmern sich so richtig um den Mann, das wünscht er sich. Sie kämpfen fast um ihn!«

»Wie schön!«, ruft Sandra aus. Viel Spaß dabei, ich werde sicher keine der beiden sein. Aber das denkt sie nur.

»Wie gesagt«, fährt Thomas fort, »es sind nicht meine Wünsche, sondern die, die ich den Männern unterstelle. Nummer zwei: Spontansex. Mit der Putzfrau auf der Autobahnraststätte. Mit der Verkäuferin bei H & M. Mit der Kellnerin im Landgasthaus. Drittens: komplett dominiert werden. Ans Bett gekettet oder an eine Streckbank gefesselt und richtig dominiert werden.«

Da bis auf die unermüdlich dahinswingenden Kubaner niemand etwas sagt, übernimmt Leo: »Nummer eins: Männer wollen verwöhnt werden. Sie brauchen, dass ihnen die Frauen viel Zeit und Aufmerksamkeit widmen.«

»Ist das eine Sex-Fantasie?«, fragt Sandra. »Das klingt doch wie der ganz normale Haushalts-Alltag ...«

»Nummer zwei: Sex in der Öffentlichkeit. Am Strand zum Beispiel, Sandra. Ganz schamlos und selbstverständlich, und andere sehen ganz zwanglos und selbstverständlich zu. Und drittens ... drittens ... der unerfüllte Traum. Sex mit der Jugendliebe. Mit der süßen kleinen Blonden aus der Parallelklasse. Oder ein Traum aus dem Fernsehen – Sex mit Salma Hayek. Oder mit Sophie Marceau.«

»Oh ja, Sophie Marceau!«, ruft Thomas. »Aber ich glaube, solche Träume haben auch Frauen. Der beliebteste Junge aus der Schule. Der süße neue Assistenzlehrer. Brad Pitt und Bon Jovi.«

»Bon Jovi?« Das kann Elisabeth nicht verstehen. »Also ich glaube, Männer wollen gerne hingebungsvoll verwöhnt werden. Nummer eins. Nummer zwei – ein bisschen das Gegenprogramm, schneller, anonymer Sex. Und drittens wollen sie, dass man ihren Schwanz bewundert.«

Sandra lacht auf. »Das wollte ich auch sagen! Aber ich glaube, das ist die heimliche Nummer eins! Das können Universitätsprofessoren oder Wirte sein, dicke oder dünne, große oder kleine, gut gebaute oder eben weniger gut gebaute – sie wollen alle, dass man ihren Schwanz bewundert!«

»Ja«, bestätigt Elisabeth, »man glaubt gar nicht, was da ein paar Worte bewirken können. Wow! Und plötzlich bläst sich das Ego gewaltig auf. Nur ein paar Worte! Auch wenn sie gelogen sind!«

»Ach so, du hast mich angelogen?« Leo meint das als Scherz, aber Thomas fragt ernsthaft nach: »Was hattest du mit einem Universitätsprofessor, Sandra?«

»Nichts!«, ruft Sandra, »es war nur ein Beispiel.« Und um abzulenken, fährt sie fort: »Also Nummer eins – ihr Prachtstück wird gelobt. Es ist das schönste, dickste, härteste, ausdauerndste, prächtigste und mächtigste Exemplar aller Zeiten. Nummer zwei: Männer träumen von Sex mit zwei Frauen. Aber sie wollen sich dabei nicht anstrengen. Sie sind sozusagen passive Opfer der weiblichen Lust. Drittens – Männer wollen zuschauen. Unbeteiligte Beobachter sein.«

Thomas schenkt allen Wein nach. »Und, was lernen wir daraus?«

»Also ich fand interessant, dass sowohl Frauen als auch Männer erobert werden wollen«, sagt Leo. »Das hat eigentlich alles sehr passiv geklungen. Ich meine, egal, ob es verwöhnt oder erobert heißt, anscheinend wollen sich beide nicht wirklich anstrengen.«

»Es macht auch etwas Unschuldiges«, fügt Sandra hinzu. »Also wenn ich sozusagen verführt werde, dann kann ich ja nichts dafür. Das passiert einfach.«

»Treffende Analyse, Sandra«, sagt Thomas. »Du kannst ja nichts dafür.«

»Du möchtest dich von Sophie Marceau in einer Umkleide verwöhnen lassen, du musst hier gar nichts kritisieren.«

»Diese passive Seite ist interessant«, lenkt Leo ab, »weil was bedeutet das eigentlich? Es bedeutet, alle warten darauf, verführt zu werden. Es reicht also, es zu versuchen. Die Chancen dürften ganz gut stehen.«

»Meine Zusammenfassung ist – alles, wovon wir geredet haben, können wir leben. Man muss eben nur seine Beziehung ein bisschen offener gestalten«, sagt Elisabeth.

»Du meinst, wir sollten uns jetzt auch bei der Swingerplattform anmelden?«, fragt Thomas skeptisch.

»Wenn ihr eure Träume ausleben wollt, ist das sicher die einfachste Möglichkeit.«

»Ich glaube nicht, dass ich zusehen will, wie Sandra ihre Träume auslebt«, sagt Thomas.

»Du bist unfair.« Elisabeth steht auf. »Sie ist die Einzige, die etwas von sich selbst erzählt hat. Es ist gemein, sie jetzt dafür zu bestrafen.«

»Und die Auflösung?«, fragt Thomas.

»Ja, die wollen wir schon wissen«, sagt Sandra.

Thomas entrollt das Papierstück und liest vor, was darauf steht: »Diesen Test haben wir im Internet gefunden. Und natürlich gibt es Antworten. Im Internet findet man immer Antworten. Aber besser als unsere können sie nicht sein.«

»Ihr habt uns reingelegt!«, ruft Sandra.

Elisabeth lächelt entschuldigend. »Nein. Die Fragen gibt es wirklich und Antworten dazu auch. Aber unsere waren besser. Wer geht mit an die frische Luft?«

»Ich«, ruft Thomas. Er zerknüllt die Papierrolle, zündet das Teelicht an und stellt es vor Sandra auf den Tisch. »Für dich«, sagt er und geht ins Freie. Elisabeth bietet ihm wortlos eine Zigarette an. Sie stehen am Balkongeländer, sehen hinunter und rauchen. Es hat leicht zu schneien begonnen, in kleinen, styroporartigen Flocken, die sich als dünne Schicht auf die Wiesenstücke und Wege unter ihnen legen.

»Wie Filmschnee«, stellt Elisabeth fest.

»Ich warte schon so auf richtigen Schnee«, sagt Thomas. »Er deckt alles zu. Und ich habe immer den Eindruck, man kann dann frische Spuren ziehen. Neue Wege gehen.«

»Fahrt ihr weg in den Weihnachtsferien?«

»Ein paar Tage nur, zum Langlaufen.«

»Das wird euch guttun.«

»Warum glaubst du das?«

»Sandra wirkt irgendwie ... Also ihr beide, ihr wirkt irgendwie ... angespannt.«

»Vielleicht liegt das daran, dass wir gerade Weihnachten nicht so feiern, wie wir uns das vorgestellt haben. Das heißt, wir feiern eigentlich gar nicht Weihnachten.«

»Sollen wir gehen?«

Thomas drückt seine Zigarette aus und gibt keine

Antwort. Elisabeth findet, er sieht so hilflos aus. Sie möchte ihn am liebsten umarmen oder zumindest streicheln, um ihn irgendwie zu beruhigen, wie man es mit einem wütenden Kind machen würde. Aber auch bei wütenden Kindern kann das ganz leicht das Gegenteil von Beruhigung bewirken, deshalb lässt sie es lieber bleiben.

»Ihr seid es einfach nicht gewohnt, offen miteinander zu reden. Das kann am Anfang ziemlich überraschend sein. Aber es tut gut, glaub mir.«

»Jetzt raucht der wieder.« Sandra ist mit Leo sitzen geblieben. Sie sieht durch das Panoramafenster auf die Terrasse und kann es nicht fassen. »Er hat wieder zu rauchen begonnen.«

»Vielleicht ist es nur für heute«, beschwichtigt Leo. »Schließlich ist ja Weihnachten.«

»Danke, dass du mich daran erinnerst.« Sandra lacht bitter auf und geht in die Küche. Leo folgt ihr.

»Ein Wort, und wir sind weg«, sagt er und sieht ihr in die Augen. »Es tut mir leid, wenn es so …« Er nimmt ihre Hand in seine beiden Hände. Kalt ist sie, diese Hand. »Du hast wirklich wunderschöne Hände«, sagt er.

»Hab ich dich schockiert?«, fragt sie. Leo lacht auf, lässt ihre Hand los und streichelt ihr über den Oberarm. »Du kannst mir glauben, wir haben einiges erlebt, seit wir zusammen in diesen Kreisen unterwegs sind. Meine Güte … Ihr seid es offensichtlich nicht so gewohnt, offen miteinander zu reden.«

»Aus gutem Grund. Ich hätte das mit der Bucht

nicht erzählen sollen. Es ist auch so … so unbedeutend!«

»Na ja,«, sagt Leo, »dann ist ja nichts dabei. Du, Sandra …«

»Ja?«

»Ich habe wahnsinnigen Hunger.«

Sandra lacht. Das Weihnachtsmenü kann sie sowieso vergessen, also richtet sie eine Platte mit Käse, Salami, Oliven und Brot. Dann steht dem Rotwein auch nichts mehr im Weg. Es kommt ihr vor, als wäre sie durch jedes weitere Glas Weißwein nüchterner geworden. Oder munterer. Zeit für einen guten Roten.

»Es schneit!« Thomas kommt zur Küchentür herein. Leo nickt ihm zu und geht zu Elisabeth ins Wohnzimmer.

»Du stinkst nach Rauch«, sagt Sandra.

»Morgen höre ich wieder auf«, beschwichtigt Thomas. Er sieht die Platte, die Sandra hergerichtet hat. »Zeit für Rotwein?«, fragt er. »Und für die nächste Runde?«

»Wie lange wollen wir das noch spielen?«, flüstert Sandra.

»Was?«

»Das ganze alberne Spiel hier.«

Thomas sieht sie eindringlich an: »Es ist doch recht interessant.«

»Da bin ich mir nicht so sicher«, sagt Sandra.

»Vielleicht wird es noch richtig interessant?«

Darauf antwortet Sandra nichts mehr.

Die 6. Kerze

»Also dann zum Wohl!« Leo erhebt sein Glas. »Und danke für eure Gastfreundschaft.«

Sein Telefon läutet. Er springt auf und versteckt sich in einer Ecke, was allerdings nicht gelingt. Alle sehen ihn, alle hören ihn.

»Ja, Mama. Natürlich, Mama. Das ist kein Problem, Mama.«

Sandra denkt an ihre Mama, an ihre Familie. Mein Gott, wäre das dort einfach gewesen. Schnitzel, Salat, Christbaum, Singen, Streiten, alles wie immer. Alles wunderbar.

»Du kannst dir ja noch einen Tee machen … Ja, den Winterzaubertee, den hast du doch gern.«

Was meine Eltern wohl machen?, fragt sich Thomas. Unter einer Palme singen? Er sollte vielleicht auch mal anrufen. Sein Bruder würde sich sicher nicht bei den Alten melden, aber bei dem war das im Grunde egal, der war ja ohnehin so erfolgreich, dem wurde alles verziehen, der musste nicht anrufen und frohe Weihnachten wünschen. Morgen. Es wird sie nicht auf die Palme bringen, unter der sie singen, wenn Thomas erst morgen anruft.

»Aber pass mit dem heißen Wasser auf, Mama.«

»Sie wird es schon schaffen, Leo«, flüstert Elisabeth und schiebt sich ein Stück Käse in den Mund. Leo macht eine beschwichtigende Handbewegung in ihre Richtung. »Ja, Mama. Bis morgen, Mama.«

Als wäre nichts gewesen, nimmt Leo sein Glas zur Hand und stößt mit allen an. Das Klirren schwingt nach. Neue Gläser, Burgundergläser. Und Sandra hat sich nicht mal gefragt, wer das alles putzen wird, als sie sie aus dem Schrank geholt hat. Leo richtet sich ein Brot mit Salami und Käse. »Ich bin dran, nicht wahr?«, fragt er schmatzend. Die anderen nicken, mehr erschöpft als erwartungsvoll. Das ist erst die sechste Kerze, denkt Sandra. Wenn wir das Spiel in diesem Tempo zu Ende spielen, sitzen wir im Morgengrauen noch hier. Vielleicht wird der schwere Rotwein den Abgang beschleunigen. Aber lange hat sie nicht Zeit, sich ihrer Müdigkeit hinzugeben. Leo hat ein Teelicht ausgewählt und entfaltet das Zettelchen.

»Du kannst diese Frage einer Person deiner Wahl stellen.« Leo sieht in die Runde und lächelt. Er kennt die Frage schon. Wen wird er auswählen? Nun ja, so viele Möglichkeiten gibt es nicht. Leo liest vor: »Hast du schon einmal einen Orgasmus vorgetäuscht?«

Stille. Leo richtet sich ein weiteres Brot und sieht Sandra an. Er sagt nichts, weil er den Mund voll hat, aber es ist klar, wen er für die Beantwortung der Frage auserkoren hat. Mit Elisabeth hat er das Thema schon einmal besprochen, und bei Thomas schätzt er die Wahrscheinlichkeit, dass er einen Orgasmus vorgetäuscht hat, gering ein.

»Warum schon wieder ich?« Irgendwie hat Sandra geahnt, dass wieder irgendetwas passieren würde. Sie kommt sich schon seit einiger Zeit vor wie das schwächste Tier im Rudel. Das, auf dem alle herumhacken. Diese Rolle abzulegen ist schwer. Entweder man stellt sich irgendwann tot, man verlässt das Rudel – oder es hilft einem jemand. Sie wirft Leo einen Blick zu. Und er fängt ihn auf. Sandra hat schon so viel von sich preisgegeben. Und Thomas – Thomas wirkt zwar äußerlich halbwegs cool, findet Leo, aber wie es innen aussieht … Dazu fällt ihm nur das Schlagwort tickende Zeitbombe ein. Und Sandra kann so impulsiv sein, das hat er jetzt schon durchschaut. Ist es ein Zufall, dass sie dann Dinge erzählt, von denen sie wissen müsste, dass sie Thomas verletzen? Oder macht sie es absichtlich, verfolgt sie einen Plan? Oder ist es das Selbstzerstörerische in ihr, das sie so unvernünftig handeln lässt? Auf jeden Fall sieht Leo die Not in ihrem Blick, und deshalb beschließt er, ihr zu helfen.

»Keine Sorge«, schmatzt Leo. »Ich werde die Frage mir selbst stellen.«

»Dir selbst?«, fragt Sandra, mehr ungläubig als erleichtert.

Leo schluckt das Brot hinunter. »Also, ganz ehrlich, ich habe einmal einen Orgasmus vorgetäuscht.«

Alle lachen auf.

»Hoffentlich nicht bei mir«, sagt Elisabeth.

»Und wie geht das, als Mann?«, will Thomas wissen.

»Soll ich es dir vorspielen, Thomas?«

»Bitte nicht!«

»Also das ist nach meiner Scheidung passiert, relativ kurz nach der Scheidung.«

»Bei dir ist alles kurz nach der Scheidung passiert«, stellt Thomas fest.

»Ja.«

»Und während deiner Ehe hat es nie … etwas gegeben?«

»Wenn man ein Kind hat, verändert sich alles.«

»Wie alt ist deine Tochter?«, will Sandra wissen.

»Jetzt ist sie einundzwanzig. Sophia studiert Landschaftsarchitektur. Sie macht gerade ihr Auslandssemester in Helsinki. Ihre Gastfamilie ist so nett, dass sie über Weihnachten dortgeblieben ist. Oh mein Gott, das war so hart, als sie fortgegangen ist. Einfach weg war sie. Hat ihre paar Sachen in ein Auto gepackt und mir noch zugewinkt und ist in ein Leben hinausgefahren, das vor ihr liegt … während ich meines schon Großteils hinter mir habe.«

»Na komm, Leo«, flüstert Elisabeth besänftigend, weil sie weiß, was jetzt kommen wird, doch Leo fährt fort: »Und ich wollte ihr noch sagen: Pass auf das und das auf …, aber eigentlich hab ich nur die Hand gehoben, um zu winken, als sie in den Wagen gestiegen ist. Losgeheult habe ich erst, als das Auto um die Ecke war.«

Elisabeth nimmt Leos Hand. Sie findet ihn ja so süß, wenn er von seiner Sophia redet, aber er sollte auch den Ausknopf finden.

»Und dann kommst du zurück in die Wohnung, und sie ist weg. Und du hast sie großgezogen, warst mit ihr beim Spielplatz, hast ihr bei Fieber Tee gekocht und ihre Hand gehalten. Du hast geheult, als sie am ersten Schultag blass aus dem Bus gewinkt hat. Du hast ihr das Radfahren beigebracht und das Meer gezeigt und … und dann hat sie ihre Jeans zusammengepackt und ihre Pullover und den Anorak auch. Das Kuscheltier, das sie jahrelang mit sich herumgeschleppt hat, liegt noch auf dem Bett. Schnuffi. Ein kleiner Hund, der noch trauriger ist als du. Aber den braucht sie auch nicht mehr.«

»Leo ist sehr stolz auf sie«, unterbricht Elisabeth. Jetzt hat er genug auf die Tränendrüse gedrückt, findet sie. Leo und seine Frauen. Seine Mama. Seine Sophia. Seine Zuneigung zu den beiden ist so groß, dass Elisabeth sich anfangs wie ein Fremdkörper vorgekommen ist. Aber aus Leos Herz strömt so viel Liebe, die reicht für einige Menschen, und Elisabeth hat unter dem Schutzschirm dieser Liebe ihren Platz gefunden. »Meine drei Mädchen«, sagt er immer. Für sie würde er alles geben. Alles tun.

»Warum habt ihr eigentlich keine Kinder?«, fragt Leo.

Thomas und Sandra seufzen synchron. Immerhin etwas, das sie heute teilen.

»Ich habe gehofft, dass es Weihnachten einmal ohne diese Frage geben würde«, sagt Sandra.

»So etwas fragt man auch nicht, Leo«, tadelt Elisabeth.

»Es ist ein für uns beide schmerzhaftes Thema«, sagt Thomas. Sandra lächelt ihn dankbar an. Das ist der Thomas, auf den sie sich verlassen kann.

»Also«, sagt Elisabeth, die nicht will, dass die Kinderfrage vertieft wird, »wie war das mit deinem vorgetäuschten Orgasmus? Der wie alles, was du erlebt hast, angeblich zwischen deiner Scheidung und unserem Kennenlernen passiert ist?«

»Ich hab damals das Gefühl gehabt, ich bin nun so richtig frei und kann tun und lassen, was ich will«, erzählt Leo, und Thomas erkennt den Satz wieder. Er merkt sich Sätze. Er liebt Sätze. Und es kommt selten vor, dass Menschen sie wortgleich wiederholen. Außer, sie haben sie irgendwie einstudiert, sich zurechtgelegt.

»Ich habe mich also auf so einer Dating-Plattform eingetragen. Nichts mit Sex. Seriöse Suche nach Partnern. Für Partnerschaften. Premium Partner. Kannst du vergessen.«

»Aber die Swinger-Plattform ist gut, oder wie?«, will Thomas wissen.

»Das ist etwas anderes«, erklärt Leo. »Erstens sind wir da zu zweit, Elisabeth und ich. Und zweitens geht es um Sex. Meine Güte, das ist schnell vorbei, das ist nicht so wichtig.«

»Ach so, nicht so wichtig?« Das findet nun Sandra seltsam. »Warum sucht ihr es dann so?«

»Wir suchen das ja nicht ununterbrochen«, sagt Leo. »Sondern ab und zu. So wie die meisten Menschen. Ist ja nichts dabei.«

»Wie überbewertet Sex ist!«, fügt Elisabeth hinzu. »Wegen einer halben Stunde Spaß gehen Ehen kaputt, leiden Kinder, werden Freundeskreise auseinandergerissen und Häuser verpfändet.«

»Ehrlich, ich finde das schon seltsam«, sagt Sandra. »Irgendwie – tierisch. Triebgesteuert.« Jetzt kann sie einmal ein bisschen von sich selbst ablenken. Und vielleicht sogar einmal den unteren Platz in der Hackordnung verlassen.

»Wir sind ja auch Tiere«, sagt Elisabeth. »Menschen, aber auch Tiere. Manche stehen dazu, andere nicht. Monogamie liegt nicht in der Natur des Menschen. Es gibt fast keine Säugetiere, die monogam leben, weil das biologisch nicht sinnvoll ist. Monogamie ist eine Entscheidung. Aber je mehr Freiheiten alle haben, je mehr Unabhängigkeit, desto schwieriger wird es, diese Entscheidung zu treffen. In den sogenannten normalen Beziehungen ist so viel möglich … Lieblosigkeit, gegenseitiges Ignorieren, Dahindämmern vor dem Fernseher, mit der Zeitung statt mit dem Partner frühstücken … Und uns wirfst du vor, dass wir tierisch sind? Na dann bin ich lieber tierisch als leblos.«

»Du meinst also, wir sind leblos?«, will Sandra wissen.

Leo springt ein: »Ich glaube, Elisabeth wollte nur sagen, dass wir nicht verstehen, dass ausgerechnet Zärtlichkeit und Sex in so vielen Beziehungen ein Tabu sind. Die Menschen gehen wahnsinnig weit dabei, sich gegenseitig zu unterdrücken, zu ignorieren, zu verachten ... aber wehe, es gesteht jemand ein, dass er Sehnsucht nach körperlicher Nähe hat. Und vielleicht mit wem anderen als dem Partner! So vieles wird toleriert ... aber dann ist plötzlich Schluss. Dadurch wird der Sex so riesenhaft und wichtig – wozu? Genießt es doch einfach! Entspannt euch!«

»Entspann dich! Den Satz kenne ich«, sagt Sandra.

»Und Partnersuche-Plattformen sind nicht gut, oder wie?«, will Thomas wissen.

»Irgendwie hab ich den Glauben daran verloren, dass man da einen Partner oder eine Partnerin finden kann«, erzählt Leo. »Du fährst durch halb Österreich, um irgendwen kennenzulernen, der zumindest laut Foto halbwegs gut aussieht und ganz nett oder witzig geschrieben hat. Eigentlich hast du aber ohnehin schon Bauchweh, und dann siehst du sozusagen leibhaftig, mit wem du dich da triffst ... Es ist furchtbar. Es war jedenfalls immer furchtbar.«

»Warum?«, fragt Thomas.

»Die Person aus dem Computer und der lebende Mensch – das hat einfach nie übereingestimmt. Manchmal weißt du es gleich, du möchtest nicht mal einen Abend gemeinsam verbringen, das ist mir auch umgekehrt passiert ... also dass die Frau nach dreißig Sekunden gesagt hat, sorry, das wird nichts, und ich war fast immer heilfroh darüber. Dann bin ich heimgefahren zu Sophia und hab mit ihr was auf Netflix geschaut, und die Welt war wieder gut.«

»Warum hast du es dann gemacht?«, will Sandra wissen.

»Ich wollte … Ich wollte nun mal nicht allein bleiben. Ich habe einfach gefunden, ich bin zu jung, um mein restliches Leben allein zu verbringen. Deshalb die Partnersuche.«

»Eigentlich wolltest du uns ganz etwas anderes erzählen«, wirft Elisabeth ein.

»Richtig. Aber so hat es begonnen. Also mit diesem Partnersuche-Treffen. Und eigentlich hätten gleich alle Alarmglocken bei mir läuten müssen. Die Frau war sehr attraktiv, also auf den Fotos. Nein, später war sie es auch noch. Aber sie hat irgendwo in Oberösterreich gelebt, und wozu brauche ich in Wien eine Partnerin aus Oberösterreich? Aber ich hatte ja immerhin nichts zu verlieren, und diese Frau hat mir ein Treffen in Wien vorgeschlagen. Nicole, so hieß sie. So heißt sie wohl immer noch. Oder sie hat sich nur so genannt. Beim Chatten war sie jedenfalls witzig und schlagfertig, hat gemeint, sie ist ohnehin viel unterwegs, sie könnte das mit einem beruflichen Termin verbinden. Aber dann – dann! Dann hat sie doch tatsächlich ein Candle-Light-Dinner vorgeschlagen. Nichts Schlimmes, werdet ihr denken, aber sie hat an ein Candle-Light-Dinner im Riesenrad gedacht. Okay, hab ich mir gesagt. Ich bin wie die meisten Wiener noch nie im Riesenrad gefahren. Einmal Riesenrad fahren schadet ja nicht. Ich hab das also gebucht, es ist übrigens unglaublich teuer, wirklich absurd teuer. Wir haben uns auf dem Parkplatz getroffen. Sie ist aus so einem sportlichen schwarzen Riesenauto gestiegen und hat nur eine

Augenbraue gehoben, als sie meinen Lieferwagen gesehen hat. War schon mal kein so toller Anfang. Wir haben uns auf die Wangen geküsst, wie man das so macht, Bussi, Bussi, und eines muss man sagen – sie sah wirklich toll aus. Fast ein bisschen einschüchternd. Ein rotes Kleid, recht gut geschnitten irgendwie …«

»Du meinst mit einem großen Ausschnitt«, sagt Elisabeth.

»Könnte man auch sagen, ja. Dazu schwarze Haare und Augen, Augen … und, na ja, Beine …«

»Ach, Beine hatte sie auch?«, fragt Elisabeth schnippisch.

»Und Leopardenschuhe.«

»Wow!« Elisabeth kann sich nicht zurückhalten.

»Also Schuhe mit Leopardenoptik«, korrigiert sich Leo. »Na ja, ich weiß schon, bisschen viel vielleicht. Ein paar Worte Smalltalk auf dem Weg zum Riesenrad. Aber dann – das Dinner! Ach – du – Schande!«

Elisabeth, Thomas und Sandra kichern vor sich hin. Leo hat sich in seine Erzählung hineingesteigert und muss selbst lachen.

»Riesig ist dieses Riesenrad, wenn man darunter steht. Und die einzelnen Kabinen oder Waggons sind auch nicht so klein. Aber ziemlich steril, irgendwie. Plastiktisch, Plastikstühle, kaltes Licht. Auf dem Tisch in einer Vase drei Rosen, die auch schon bessere Zeiten gesehen haben. Und … und es war mein erstes Candle-Light-Dinner ohne Candle. Natürlich, kein offenes Feuer, aus Sicherheitsgründen! Der Kellner vom Catering-Service hat uns alles auf den Tisch gestellt, Schinkenrolle, Wiener Schnitzel, Zanderfilet, Nachspeise, Getränke, und hat uns eine schöne, romantische Fahrt gewünscht. Das Essen – nun ja, das Essen war logischerweise so kalt wie der Wein warm. Ich hab geglaubt, der ganze Zauber ist in einer guten halben Stunde vorbei, aber diese Fahrt dauert anderthalb Stunden! Romantisch! Anderthalb Stunden, und ich hatte vergessen, davor aufs Klo zu gehen. Und was ich noch vergessen oder verdrängt hatte: Ich habe Höhenangst.«

Die drei lachen auf.

»Sie also mit dem roten Kleid und den hohen Schuhen und dem Ausschnitt, sie also isst und trinkt in aller Seelenruhe und erzählt mir von ihrem Beruf als Pharmavertreterin, und dass sie achtzigtausend Kilometer im Jahr fährt, aber dass sie toll verdient und geschieden ist und so weiter … Ich mit zunehmend voller Blase und zunehmender Panik in diesem Waggon, der sich langsam, ganz langsam dreht, fast merkt man es nicht. Und auf dem Höhepunkt bleibt er stehen!«

»Und da hast du deinen Höhepunkt vorgetäuscht?«, fragt Elisabeth. Leo lacht.

»Da konnte ich nicht viel vortäuschen. Ich habe keinen Bissen runtergebracht und kein Wort heraus. Ich musste so dringend aufs Klo! Ich habe geglaubt, es zerreißt mich innerlich. Aus dem Fenster pinkeln konnte ich ja auch schlecht, das hätte keinen so guten Eindruck gemacht, außerdem hätte ich dann runterschauen müssen. Und wahrscheinlich gehen diese Fenster gar nicht auf. Sie hat mich immer wieder gefragt, welches dieses Gebäude ist und welches jenes – aber ich konnte ja kaum hinsehen, also hab ich irgendwas gesagt. Nur dass die Votivkirche der Donau-City-Tower sein soll, hat sie mir nicht abgenommen. Und sie hat das ganze Menü verdrückt und dazu noch meine Cremeschnitte. Ich meine, wie kann man hundert Meter über dem Erdboden eine Cremeschnitte essen? Ich habe nur gebetet, dass es bald vorbei sein möge. Als wir dann unten waren, bin ich hinter den erstbesten Busch gelaufen. Ich war einer Ohnmacht ganz nahe. Aber dann … Es war herrlich. Einfach herrlich!«

Leos Publikum hat seinen Spaß.

»Nein wirklich, manchmal ist pinkeln das Schönste auf der Welt. So unglaublich erleichternd! Jetzt war das Problem folgendes: Ich war zwar wahnsinnig erleichtert, aber Nicole wahnsinnig betrunken, weil ich ja nichts trinken konnte und sie die beiden Flaschen Wein fast allein vernichtet hat. Sie konnte also auch nicht mehr Auto fahren und hat vorgeschlagen, in ein Hotel in der Nähe zu gehen. Na gut, warum nicht, hab ich mir in Hinblick auf den vielversprechenden Ausschnitt gedacht. Und so sind wir zum Praterstern gegangen, und sie hat meine Hand genommen. Du bist ein Stiller, aber ein Netter, hat sie zu mir gesagt. Oder so was in der Art.«

Leo macht eine Trinkpause. »Weiter«, bettelt Elisabeth. »Warum hast du mir die Geschichte nie erzählt?« Elisabeth bemerkt, dass sich auch Thomas und Sandra entspannt haben. Vielleicht gibt es doch keinen Ausbruch? Lachen hilft. Meistens jedenfalls.

»Sie ist noch nicht zu Ende«, setzt Leo fort. »Ich habe mich ja noch gar nicht richtig von dieser Riesenrad-Höllenfahrt in Zeitlupe erholt, da gehen wir über den Praterstern. Na ja, wie ihr wisst, das ist nicht besonders romantisch, so ein Bahnknotenpunkt, und die Hotels rundherum sind entsprechend hässlich. In zweien haben wir es versucht. Wir zwei, ohne Gepäck, das hat natürlich recht eindeutig ausgesehen. Man hat also vorgegeben, ausgebucht zu sein, und uns ein Stundenhotel empfohlen. Wieder eine neue Erfahrung, hab ich mir gedacht. Ein bisschen schmuddelig, aber nicht schmutzig war das dort alles, wir hatten die Wahl zwischen Spiegelzimmer und orientalischem Zimmer. Aber Nicole wollte kein Spiegelzimmer, das sei schlecht für das Feng-Shui, hat sie erklärt, und so sind wir dann in einem orientalischen Palast gelandet. Auf fünfzehn Quadratmetern. Immerhin gibt es dort Room Service. Ich musste ja dringend aufholen, sonst hätte ich keine Chance gehabt, mit Nicoles Trunkenheit und mit ihrer Fahne mitzuhalten. Und jetzt musste es natürlich – Champagner sein. Und ehrlich gesagt hab ich nach der überstandenen Horrorfahrt einen unglaublichen Selbstbelohnungsdrang gehabt, also reingeschüttet … Zwei Flaschen waren schnell weg.«

»Und warst du dann gesprächiger, mein Lieber, Stiller?«, will Elisabeth wissen.

»Keine Ahnung, worüber wir geredet haben, über Wien und Oberösterreich, über Autobahn-Baustellen und Radarfallen, egal, irgendwann hat sie einfach: So! gesagt, das hat eher wie Tzo! geklungen, mich geküsst und ihr Kleid abgestreift. So! Das hat mein Deutschlehrer auch immer gesagt, wenn er das Thema wechseln wollte. Erspart mir bitte, wie es passiert ist, dass wir dann beide endlich nackt im Bett gelegen haben, Tatsache ist: Es ist irgendwie gelungen. Tatsache jedenfalls auch: Ich hatte vorher schon wieder vergessen, auf die Toilette zu gehen.«

Elisabeth lacht laut auf.

»Elisabeth lacht, weil sie weiß, dass ich zwar Sex haben kann, wenn ich pinkeln muss, aber ich werde nicht fertig. Das Problem dabei bestand vor allem darin, dass Nicole sehr laut war… Also sie hat nicht nur gestöhnt, sondern ununterbrochen geredet, ja, du bist so gut, hör nicht auf, es ist so schön mit dir…«

»Gib nicht so an«, sagt Elisabeth.

»Darum geht es nicht, aber sie war so laut, dass Leute zuerst an die Wände nebenan und dann an die Zimmertür geklopft haben. In einem Stundenhotel! Das muss man sich mal vorstellen. So, die Sache musste also irgendwie beendet werden. Und zu der neuen Bekanntschaft konnte ich ja schlecht sagen, sorry, ich geh mal wieder schnell für kleine Jungs, kurze Werbepause, gleich bin ich wieder bei dir. Deshalb – Fanfare! – habe ich einen Orgasmus vorgetäuscht.«

»Und das hat sie dir geglaubt?«, fragt Elisabeth skeptisch nach.

»Ich kann das gut, wirklich! Soll ich es euch vorspielen?«

»Gnade!«, ruft Thomas aus.

»Und dann ist sie sofort eingeschlafen. Sie hat also nicht nach Beweisen gesucht oder so, das war ihr wahrscheinlich auch egal. Sie hatte einen Termin am nächsten Tag, anscheinend wollte sie nur ein originelles Abendessen und einen Platz für die Nacht haben. Sie hat bis neun Uhr früh geschlafen. Das Zimmer war stundenweise zu bezahlen … Nun ja, ich glaube, es war die teuerste Nacht, die ich je verbracht habe. Und das ohne Höhepunkt.«

»Dafür hatte die Geschichte viele Höhepunkte«, sagt Sandra. Sie sieht Leo in die Augen und nickt ihm fast unmerklich zu. Das ist ihre Art, danke zu sagen. Danke dafür, dass sie nicht schon wieder lügen musste. Danke dafür, dass er Thomas zum Lachen gebracht hat.

»Jetzt muss ich aber aufs Klo«, sagt Leo schmunzelnd, zündet sein Teelicht an und stellt es auf eine kleine Kommode, die vor der Toilette steht.

Die 7. Kerze

Elisabeth hat ihre Kerze bereits ausgewählt, als Leo zurückkommt und mit einem Seufzer neben ihr aufs Sofa sinkt.

»Oh, das wird wahrscheinlich schnell gehen«, sagt Elisabeth und liest: »Frage an alle: Wo beginnt für dich Betrug? Antworte mit einem Wort.«

Sie sieht in die Runde. Thomas und Leo scheinen ihre Antwort schon zu kennen. Sandra wirkt unentschlossen. »Okay, ich fange an«, sagt Elisabeth. »Ein Wort. Wo beginnt für dich Betrug: Lügen.«

Alle sehen nun Sandra an, die ihre Antwort noch nicht gefunden hat. Doch sie weiß, je länger sie wartet, desto mehr Gewicht wird dieser Antwort gegeben werden, also sagt sie schnell: »Küssen.«

»Schreiben«, sagt Thomas.

»Lügen«, sagt Leo.

»Also das ging ja wirklich flott«, meint Elisabeth. »Aber Schreiben, das verstehe ich nicht ganz. Möchtest du es uns erklären, Thomas?«

»Ich finde einfach, Betrug kann mit einer WhatsApp beginnen. Mit einer SMS oder mit einer Mail. Es ist möglich, mit Worten zu betrügen.«

Er leert sein Glas und stellt es geräuschvoll auf den

Tisch. Sandra weiß, das ist seine Art, ein Schlusswort zu sprechen oder eine Diskussion für beendet zu erklären. Und auch wenn die Reihe jetzt wieder an sie kommt, sie ist nicht unglücklich darüber, dass niemand das Thema vertiefen will. Sie verschränkt ihre Hände und dreht ihre Daumen im Kreis. Leo fällt das auf. Ob sie wohl nervös ist, fragt er sich, und ob es nicht bald an der Zeit wäre zu gehen. Das hätte den Vorteil, dass sie noch bei seiner Mutter vorbeischauen könnten. Er würde ihr dann den Adventkranz einfach wegnehmen. Den braucht nach Weihnachten ohnehin niemand mehr! Elisabeth zündet das Teelicht an und stellt es hinter sich auf das Fensterbrett zwischen die Orchideen. Seltsame Blumen, denkt sie, blühen zwar in allen möglichen Farben, wirken aber merkwürdig leblos. Eine unglaublich traurige Ausstrahlung geht von ihnen aus.

»Ihr liebt wohl Orchideen?«, fragt sie.

Sandra lacht auf. »Ich hasse Orchideen!«

»Warum hast du dann so viele?«, will Elisabeth wissen.

»Mit einer hat es begonnen …«, erklärt Sandra. »Dann kam die zweite … Und alle, die hierherkommen, denken, ich sammle sie. Und was bringen sie mit? Orchideen. Alle glauben, ich liebe Orchideen! Aber ich hasse Orchideen! Das sind Blumen für hundertjährige Omas!«

Sandra gesteht, die ungeliebten Zierpflanzen denkbar schlecht zu behandeln, niemals umzutopfen, ihnen keine frische Erde, geschweige denn Wasser zu gönnen. Dennoch blühen sie, als ob es kein Morgen gäbe. Oder vielleicht gerade, weil sie fürchten, es könnte kein Morgen geben. »Sie lieben es, schlecht behandelt zu werden«, jammert Sandra. »Aber sie überleben. Ich weiß nicht, wie sie das schaffen.«

»Weil ich sie heimlich gieße«, sagt Thomas trocken. Sandra sieht ihn fassungslos an. »Ja, ich pflege sie heimlich. Die Orchidee von meiner Mutter. Die von deiner Mutter. Die von deinen Lehrerkollegen, die von deiner Nichte. Auch die von Udo. Sie kann ja nichts dafür. Die Orchidee. Ist ja nur eine Blume. Eine hässliche Blume, ja, aber ein Lebewesen.«

»Thomas!«, ruft Sandra aus. Aber sie verfehlt den Ton. Das war nicht das Schreckens-Thomas! von ihrer Schwiegermutter, dafür klang es zu liebevoll. Und zu verlegen. »Sandra!«, gibt er zurück. »Du bist dran.«

»Irgendwie hab ich den Eindruck, ich bin immer dran!«, sagt Sandra.

Die 8. Kerze

Aber auch jetzt möchte sie nicht durch unnötigen Widerstand ihrer Kerzen-Frage mehr Bedeutung beimessen, als ihr zukommt. Oder als sie möchte, dass ihr zukommt. Also schnappt sie sich das nächstliegende Teelicht, öffnet den Zettel und liest: »Ziehe deinem Partner ein Kleidungsstück deiner Wahl aus.«

»Warum muss immer ich irgendwas ausziehen?!« Sie sieht Thomas an. Der hebt ratlos die Schultern und tut so, als wäre es ihm egal.

»Man darf doch weiter sagen, oder?«, fragt sie.

»Ja«, antwortet Leo.

Also sagt Sandra ganz schnell: »Weiter! Und zwar an Thomas!« Thomas seufzt, nimmt ebenfalls einen Schluck Wein und sieht Sandra an. Als diese seinen Blick auffängt, merkt sie, dass sie einen Fehler begangen hat. Warum ist sie so blöd und schießt sich auch noch ein Eigentor? Thomas mustert sie … Socken hat sie keine mehr an, die Jacke hat sie auch abgelegt, weil es ziemlich warm geworden ist im Wohnzimmer. Thomas überlegt, ihr die Bluse auszuziehen. Einfach nur, weil sie sich ohnehin schon so entblößt hat? Sozusagen als äußeres Zeichen für ihre … Wie sollte er es nennen? Schamlosigkeit? Ein äußeres Zeichen für ihre … verschämte Schamlosigkeit?

Thomas gießt Rotwein in sein Glas und schiebt sich eine Olive in den Mund. Sandra starrt ihn an. Sie schüttelt den Kopf nicht. Sie sagt auch nicht »Thomas!« Sie weiß, das könnte ihn anstacheln. Irgendetwas hat er vor. Irgendetwas weiß er. Aber er wird es doch nicht hier und heute ausspielen? Vor diesen wildfremden Leuten? Er lässt seinen Blick über ihre Bluse schweifen … dann über ihre Hose. Sie starrt ihn weiter an. Jetzt nicht feige sein. Jetzt den Blickkontakt nicht verlieren.

»Weiter an Leo«, sagt Thomas und steht auf, um eine neue Flasche Wein zu holen.

Jetzt ist es an Leo, einen großen Verlegenheitsschluck vom Wein zu nehmen. »Weiter« zu sagen hätte keinen Sinn. Elisabeth wird ihm nichts ausziehen, so gut kennt er sie. Er trägt nichts unter seinem Hemd, und sie weiß, dass er sich in dieser ziemlich unerotischen Stimmung nicht wohlfühlen würde mit nacktem Oberkörper. Elisabeth wird also die Frage an Sandra zurückgeben, und die wird dann das Spiel unterbrechen, weil sie Thomas sicher nichts ausziehen wird. Vielleicht wäre es ja nicht einmal die schlechteste Idee, einfach mit dem Spiel aufzuhören und zu gehen. Aber Thomas scheint irgendwie in Fahrt zu sein, auch wenn sich schwer erahnen lässt, wohin diese Fahrt gehen soll. Und auch Elisabeth wird er schwer überzeugen können, ihre selbstgewählte Mission hier abzubrechen, um zu gehen und nach dem Adventkranz seiner Mutter zu sehen.

Immerhin, Leo weiß, was Elisabeth unter ihrer Bluse trägt. Und er weiß auch, dass sie keine Probleme damit hat, sich ein wenig freizügig zu zeigen, sonst wären sie in der einschlägigen Szene auch ziemlich fehl am Platz. Er stärkt sich also mit einem Happen Salami, beugt sich zu Elisabeth hinüber und beginnt, ihre Bluse aufzuknöpfen.

Verdammt, verdammt, denkt Sandra, jetzt muss Elisabeth es büßen, das wollte sie wirklich nicht. Bei Thomas wäre es doch egal, wenn er ohne Socken dasäße! Ja, sie hätte ihm einfach die Socken ausziehen sollen, das hätte ihn vielleicht provoziert, aber Elisabeth wäre wenigstens davongekommen. Was für ein Scheißspiel!

Immerhin, Elisabeth scheint nicht irritiert davon, dass Leo ihr jetzt die Bluse auszieht. Und immerhin, sie trägt nicht nur einen BH darunter, wie Sandra ursprünglich geglaubt hat, sondern einen schwarzen Body, und der sieht richtig gut aus. Ohne Spitzen, ohne transparente Teile, schnörkellos. Ihr Alter ist schwer zu schätzen, denkt sich Sandra. Aber auf ihre Figur kann sie ganz unabhängig von ihrem Alter stolz sein.

»Sehr hübsch«, sagt Sandra.

»Und es macht dir sicher nichts aus?«, fragt Thomas.

»Sonst hätte ich es gesagt«, gibt Elisabeth etwas schnippisch zurück. Vielleicht ein bisschen zu schnippisch, weshalb sie versöhnlich hinzufügt: »Also ich weiß deine Fürsorge durchaus zu schätzen, aber ich passe wirklich schon lange auf mich selber auf.«

»Wer zündet jetzt die Kerze an?«, fragt Leo.

»Ich würde sagen, du zündest die Kerze an«, antwortet Elisabeth. Leo nimmt die Streichhölzer, die auf dem Tisch liegen, zündet das Teelicht an und stellt es, wie vorhin Elisabeth, auf das Fensterbrett, zwischen zwei andere Orchideen.

»Vielleicht brennen ein paar ab«, sagt Sandra hoffnungsfroh. Elisabeth lacht. Leo nicht, denn er denkt an den Adventkranz seiner Mutter. »Und wer ist jetzt dran?«, fragt er.

»Machen wir ganz normal bei Thomas weiter«, schlägt Elisabeth vor. Thomas öffnet feierlich die nächste Flasche Wein.

»Das ist ein Premier Cru aus dem Burgund«, erklärt er. »Ein absoluter Weihnachtswein.« Thomas riecht feierlich an dem Korken, schenkt sich einen Zentimeter ein, schwenkt sein Glas, nimmt einen Schluck, dreht und wendet ihn aufwendig im Mund, als hätte er Zahnschmerzen, und sagt schließlich: »Bisschen Luft braucht er vielleicht noch.«

Elisabeth nimmt ihre Chance wahr: »Ich auch«, ruft sie aus und richtet sich auf. Schade nur, dass sie sich jetzt wieder anzieht, denkt Thomas, sie sieht richtig gut aus.

»Okay«, sagt er. »Ich bin dran, also kann ich beschließen, dass wir die nächste Runde draußen auf der Terrasse spielen?«

»Es ist kalt«, wirft Sandra ein.

»Vielleicht ist es ja eine schnelle Runde«, meint Thomas. »Und eine Jacke hast du auch.«

»Puh, ich spüre den Wein«, bemerkt Leo, als er aufsteht. »Ich auch«, pflichtet Sandra ihm bei. »Und Rotwein macht mich wahnsinnig müde.«

»Dann trinkt nicht so schnell«, meint Elisabeth.

»Ich trink mich schön langsam nüchtern«, sagt Thomas. »Ach ja, die Frage.« Nachdem sich alle einen Mantel oder eine Jacke angezogen haben, nimmt er ein Teelicht aus der Mitte des Tisches und steckt den Zettel in die Hosentasche.

Die 9. Kerze

Alle vier sitzen um das kleine Tischchen auf der Terrasse. Thomas und Elisabeth rauchen. Die Schneeflocken sind klein und zart, es grenzt an ein Wunder, dass sie überhaupt vom Himmel fallen.

»Und was, wenn man jetzt schon wieder etwas ausziehen muss?«, fragt Sandra besorgt.

»Dann machen wir drinnen weiter«, antwortet Elisabeth. Sie hätte eigentlich nichts dagegen, sich weiter auszuziehen. Früher hat sie sich für ziemlich prüde gehalten, aber seit sie mit Leo zusammen ist, hat sie die kleine exhibitionistische Ader in sich entdeckt. Oder war das schon ein bisschen früher? Im Laufe dessen, was sie selbst ihre »Erweckung« nennt?

»Dann wollen wir mal«, sagt Thomas, holt das Papier aus seiner Hosentasche und liest vor: »Wie hast du deinen Partner kennengelernt?«

»Das ist leicht«, sagt Sandra.

»Stimmt«, meint auch Thomas. Und dann reden sie zeitgleich. Thomas sagt: »Beim Essen«, und Sandra: »Auf der Uni.« Leo lacht auf.

»Vielleicht könnt ihr es genauer ausführen?«, fragt Elisabeth und lacht auch.

»Genau genommen haben wir uns in der Mensa kennengelernt«, erzählt Thomas.

»Mensa – das ist so eine Kantine für Studenten«, erklärt Sandra.

»Danke«, sagt Elisabeth.

»Es war die Mensa im afroasiatischen Institut«, fährt Thomas fort. »Dort gab es nämlich immer das beste Essen.«

»Und das billigste«, ergänzt Sandra. »Ich war ja ganz neu, aber irgendwer hat mir den Tipp gegeben, dorthin zu gehen. Also hab ich das gemacht.«

»Sandra hat so unglaublich verloren gewirkt. Und in der Art, wie sie die Tafel mit den Tagesangeboten studiert hat, habe ich bemerkt, sie hat keine Ahnung, was sie da liest. Couscous. Pho mit Tofu. Dal mit Naan.«

»Ich bin ja vom Land! Bei uns gab es Schnitzel und Kartoffelsalat.« Ein kleiner Stich. Wie wohl heuer Weihnachten zu Hause läuft?

»Ich bin also zu Sandra und habe ihr Dal empfohlen. Wenn du Linsen magst, habe ich dazugesagt.«

»Ja, er war wirklich äußerst liebenswert und erstaunlich wenig besserwisserisch. Pho ist ziemlich scharf, hat er gemeint. Und Couscous wäre eine Riesenportion. Ob wir das nicht teilen wollen? Ich hab mir gedacht, wenn es mir nicht schmeckt, kann wenigstens er es essen. Ich hatte ja keine Ahnung, was das ist.«

»Sie war so unglaublich süß. Mir hat sie auf Anhieb gefallen. Der Dialekt, den sie verstecken wollte, was ihr aber nicht gelungen ist. Der Kurzhaarschnitt, der ihre Augen betont hat.«

»Mir sind bei Thomas zuerst die Hände aufgefallen. Wenn man auf dem Land mit Bauernkindern in die Schule geht, dann fallen einem schöne, gepflegte Hände auf. Und seine Stimme hat mir gefallen. Und er war lustig. Er hat mich die ganze Zeit zum Lachen gebracht.«

»Das war auch nicht schwer. Allein, wie Sandra das Couscous angesehen hat! Als hätte das irgendein Alien frisch aus dem Raumschiff gebracht. Und wie sie das ausgesprochen hat: Cous-Cous … wie Kuss … Kuss …«

»Und ich war total naiv und hab nicht gewusst, wie man das macht in der großen Stadt. Thomas hat mich zu sich eingeladen. Ich wollte nicht schon wieder wie eine Landpomeranze wirken, drum bin ich einfach mitgegangen … Also wir hatten beide erst am späten Nachmittag wieder Vorlesungen, und Thomas hat gemeint, er macht sehr guten Kaffee, und dann bin ich einfach mit, in seine Studentenwohnung.«

»Und ich schwöre, ich habe so etwas noch nie gemacht vorher, und danach sowieso nicht … Ich hab noch nie eine mit nach Hause genommen und …«

»Das sagst du so!«

»Es stimmt!«

»Du hast sehr routiniert gewirkt! Kuss-Kuss. Kuss, Kuss, Kuss, Kuss … Und schon habe ich in seinem Bett gelegen.«

»Ja, es war eigentlich unverschämt von mir.«

»Es war sehr schön. Überhaupt für ein erstes Mal – sehr schön! Nur auf Thomas' wunderbaren Kaffee warte ich heute noch.«

»Was für eine nette Geschichte«, meint Leo. »Und jetzt wollt ihr euer Doppelbett verkaufen …«

»Tja, die Doppelbett-Zeit ist vorbei«, sagt Thomas. Er hat das so gelassen gesagt, aber da ist sie wieder. Die dunkle Wolke.

»Und wie seid ihr zusammengekommen?«, will Sandra wissen. »In einem Swingerclub oder so?«

»Es ist keine offene Runde.« Thomas hat noch mal den Zettel überprüft.

»Mich interessiert es aber trotzdem«, sagt Sandra.

»Wir erzählen es euch gerne«, meint Leo, »aber können wir bitte hineingehen? Hinein zum Wein? Und zur Heizung?«

Thomas zündet das Teelicht an, lässt es auf dem Terrassentisch stehen und folgt den anderen. Er wundert sich ein wenig, dass Elisabeth die Chance nicht nutzt, ihre Bluse anzulassen. Offensichtlich zeigt sie gerne, was sie hat. Sie muss auch nichts verstecken.

»Herrlich warm«, sagt Leo und reibt sich die Hände. Sandra entschuldigt sich kurz und geht auf die Toilette. Sie spürt jetzt in der Wärme des Wohnzimmers den Wein und die Müdigkeit. Nett ist sie immer wieder, ihre Kennenlerngeschichte. Warum kann es nicht immer so schön weitergehen?

»Also ich bin ja geschieden und habe eine Tochter«, beginnt Leo, als Sandra zurückgekehrt ist.

»Sophia, wir wissen«, sagt sie.

»Bei Elisabeth war es schwieriger. Tragischer.«

»Tragischer?«, fragt Thomas und schiebt sich beiläufig ein Salamibrot in den Mund.

»Sie ist Witwe.«

»Witwe …«, murmelt Sandra.

»Ja, klingt irgendwie arg, stimmt's? Aber ihr könnt gerne weiterhin Elisabeth zu mir sagen.« Sie nimmt einen Schluck Wein und überlegt, ob es ein passender Moment sei, die ganze Geschichte zu erzählen.

»Ay ay ay«, singen die Herren aus dem Lautsprecher. Sandra nimmt ihr Handy und bringt sie zum Schweigen. Elisabeth überlegt, die anderen zu fragen, ob überhaupt jemand die Geschichte hören wolle. Aber das kommt ihr dann zu theatralisch vor, dieses »Wollt ihr die Geschichte überhaupt hören?« Letztendlich ist das ja nur eine Erpressung, um mehr Aufmerksamkeit zu bekommen, denn kein sozial einigermaßen normal tickender Mensch würde mit nein antworten. Also holt Elisabeth Luft, seufzt und fährt fort.

»Peter und ich waren fast fünfundzwanzig Jahre lang zusammen. Um genau zwei Wochen haben wir die fünfundzwanzig Jahre verpasst. Peter hatte eine Gehirnblutung. Ist plötzlich in der Küche umgekippt, als er sich gebückt hat, um das Backrohr zu öffnen und nach dem Braten zu sehen. Er kam sofort ins Krankenhaus, was heißt sofort, für mich hat es eine Ewigkeit gedauert, bis endlich der Notarzt und der Krankenwagen gekommen sind. Aber immerhin, ich hab seinen Herzschlag gespürt, er hat gelebt. Ich kniete am Boden, und sein Kopf lag in meinem Schoß, ich hatte ja keine Ahnung, was ihm fehlte, aber zum Glück haben sie das in der Rettungs-Leitzentrale gut eingeschätzt. Und sie haben ihn wieder hingekriegt! Ein Aneurysma in seinem Kopf war geplatzt, das ist so eine Ausbuchtung in einem Blutgefäß. Er ist nach drei Wochen wieder zu mir nach Hause gekommen. Geschwächt, teilweise gelähmt ... Die rechte Hand konnte er kaum bewegen ... Nun ja, und das Gesicht ... Der Schnellste war er auch nicht mehr. Aber der Reha-Platz war noch nicht frei, also habe ich mir vier Wochen Pflegeurlaub genommen. Gott sei Dank. Das war noch so eine ... eine innige Zeit. Eine große Verbundenheit. Aber auch immer Angst. Immer war Angst da. Als ob wir es gewusst hätten, dass es gilt, Abschied zu nehmen. Und jedes Mal, wenn ich aus dem Haus bin, um einkaufen zu gehen, habe ich ihm noch einen Blick zugeworfen ... und er mir ... Dieser letzte Blick ... und noch einer ... Einer geht noch, wer weiß, vielleicht ist es der letzte ...«

Elisabeth nippt an ihrem Weinglas, tut sich aber schwer mit dem Schlucken.

»Nach drei Wochen hat er eine Nachblutung gehabt. So etwas kommt relativ häufig vor. Die hat er dann nicht mehr überlebt.«

»Habt ihr Kinder?«, fragt Sandra.

»Nein. Peter wollte nie welche. Vielleicht, weil er gespürt hat, dass er nicht alt werden würde.«

Elisabeth macht eine Pause. Ihr Gesicht ist verändert. So, als hätte sie ein Trauergesicht gespeichert, das nun wieder zum Vorschein kommt: schmal, blass, von großen Furchen konturiert. Ein Ausdruck, der in einem merkwürdigen Kontrast zu ihrem schwarzen Body steht. Es ist still. Kann man Kerzen brennen hören?, überlegt Elisabeth. Dann fährt sie fort: »Es gab ein Leben mit Peter. Und ein Leben danach. Was mir zuerst seltsam vorgekommen ist. Wie kann ich weiterleben, wenn Peter tot ist? Ich habe eine Zeitlang geglaubt, das wird nie wieder. Eine solche Trauer … ein solcher Schmerz … überall … Ich war wie gelähmt. Ja, als wäre ein schweres Betäubungsmittel überall in meinem Körper. Das hat so ziemlich genau ein Jahr gedauert.«

Das kenne ich, denkt Thomas. Nein, gelähmt fühle ich mich nicht … aber so … als wäre mein Blut schwarz.

»Das berühmte Trauerjahr«, sagt Sandra. Sie findet die Geschichte dieses Verlustes wesentlich interessanter als die seltsamen Sex-Storys. Mit Verlusten kennt sie sich aus. Das Gefühl der Trauer kennt sie, auch wenn es bei ihr kleinen Wesen gilt, die nie auf die Welt gekommen sind.

»Ja«, fährt Elisabeth fort. »Alles, was du in diesem Jahr machst oder erlebst, erlebst du das erste Mal ohne deinen Partner. Es ist dein erster Geburtstag ohne Partner, es ist euer erster Jahrestag ohne Partner, dein erster Wochenendausflug allein, es ist der erste Geburtstag des Partners, an dem er nicht mehr da ist, du gehst das erste Mal in eine Freundesrunde und kommst dir allein und hoffnungslos vor … Ja und dann sind da noch die ersten Weihnachten ohne deinen Partner.«

»Schlimm«, sagt Thomas. Leo überlegt, ob er Elisabeth irgendwo berühren, halten, streicheln soll. Aber er entscheidet sich dagegen. Er weiß, wenn sie an Peter denkt, sinkt sie wieder in das Leben mit ihm, und da ist sie gerne allein.

»Ja, schlimm«, bestätigt Elisabeth. »Es kommt aber noch schlimmer. Nach dem Jahr hast du dich gewöhnt an das Alleinsein. Der starke Schmerz hat ja auch etwas Tröstliches. Die Verbundenheit ist immer da. Aber die Natur des Menschen ist nun mal so. Er will leben. Irgendwann beginnst du dir zu sagen – jetzt bin wieder mal ich dran. Ich. Nur ich. Und du hast ein endlos schlechtes Gewissen, dass es so ist. Ich sah in der Nacht die Bilder von Peter in seinem Todeskampf – oder war es ein Lebenskampf? Das rasselnde Atmen. Die verdrehten Augen. Der hoffnungslose Wille, aufzustehen – zu gehen – wegzulaufen. Ich weiß es nicht. Dann wieder das Koma. Das war friedlicher als die kurzen wachen Phasen. Wach … Was heißt schon wach … Sterben ist nicht so leicht, fürchte ich. Ich habe meinen toten Mann gesehen … das Gesicht meines toten Mannes. Die Bilder bleiben. Und sie kommen wieder, immer wieder, gerade, wenn du glücklich sein willst.«

»Ich verstehe, was du meinst«, sagt Sandra.

»Es war für mich selbst oft schwer verständlich«,

sagt Elisabeth. »Eine Zeitlang habe ich gelebt wie eine Heilige. Das kann man verstehen. Aber ich war eigentlich tot. Und das kann ich heute selbst fast nicht mehr verstehen. Gott sei Dank. Ich habe mir gedacht, ich lebe zwar noch, aber ich verhalte mich jetzt einfach, als wäre ich schon tot. Entsage allem. Der Freude, dem Lachen, Singen, Lieben … Ich war wie erstarrt. Ich hatte Todesangst vor dem Leben.«

»Und war es nicht friedlich? Das Gesicht deines toten Mannes?«, möchte Sandra wissen.

»Ich sehe es vor mir … ganz deutlich … das tote Gesicht, es sagt mir immer: Verschwende keine Zeit! Streite nicht über jeden Unsinn. Ärgere dich nicht, wenn sich im Supermarkt an der Kasse jemand vorschummelt. Mach keinen Scheiß, den du nicht machen willst. Genieß einfach den Sommerregen. Den ersten Frost … die Farben des Herbstes. Ja, sogar Weihnachten.«

»Sogar Weihnachten«, wiederholt Thomas.

»Und natürlich ist es schwer, sich vorzustellen, dass man tot ist«, fährt Elisabeth fort, »so ganz tot … Aber stellt euch mal vor, wie euer Gesicht aussieht, wenn ihr tot seid. Oder das eures Partners … Los … stellt es euch vor, das tote Gesicht …«

Die vier sehen einander an. Da ist plötzlich so etwas wie Zärtlichkeit in den Augen von Sandra und Thomas, findet Elisabeth.

»Und dann kam plötzlich Leo. Was heißt plötzlich, das war über zwei Jahre nach Peters Tod. Aber ich war trotzdem vollkommen überrumpelt davon.«

»Und so viel ist in ihr vorgegangen«, erzählt Leo. »Wollt ihr das überhaupt wissen?«

»Ja«, antwortet Sandra.

»Ist ein ziemlicher Stimmungskiller«, meint Leo.

»Der Stimmungskiller ist sozusagen die fünfte Person an diesem Abend. Und er war von Anfang an dabei. Also keine Sorge, Leo«, sagt Thomas.

»Elisabeth war schwierig, wirklich schwierig. Ich war so wahnsinnig in sie verliebt, und sie in mich … Aber manchmal ist es über sie gekommen … irgendetwas in ihr, das mich abgelehnt hat … zurückgewiesen … in Frage gestellt. Das ging manchmal über Stunden, manchmal auch über ein, zwei Tage.«

»Immer wieder«, erklärt Elisabeth, »hat mich der Gedanke eingeholt, dass so viel neues Glück nur möglich war, weil ein anderer gestorben ist. Weil ein anderer dafür gestorben ist.«

»Aber er ist ja nicht gestorben, damit ihr glücklich werdet«, widerspricht Sandra. »Er ist gestorben, und dann bist du wieder glücklich geworden.«

»Aber das Glück mit Leo wurde nur möglich, weil Peter gestorben ist«, sagt Elisabeth.

»Ich habe Peter zwar nicht gekannt«, insistiert Sandra, »aber ich glaube nicht, dass er gestorben ist, um eure Liebesgeschichte zu ermöglichen. Lass ihn da raus.«

»Aber er ist immer da.«

»Dann lass ihn rein. In Liebe. In freudiger Erinnerung. In Träumen. Aber nicht als Opfer eurer Beziehung«, sagt Sandra, wobei sie das Gefühl hat, ein wenig zu sehr nach Religionslehrerin zu klingen. Deshalb fügt sie hinzu: »Oder habt ihr schon vorher etwas miteinander gehabt? Leo und du?«

»Nein!«, ruft Elisabeth aus. »Was glaubst du! So etwas würde ich nie machen! Ich war immer treu und bin es noch!«

»Und wie passt das zu dem Swinger-Ding?«, will Sandra wissen. Sie kann das wirklich nicht verstehen. Wie kann man von Treue reden und dann bei anderen Paaren reinplatzen, um Sex zu haben? Zu Weihnachten!

»Ich weiß jetzt, warum du dieses Swinger-Ding machst«, sagt Thomas, ohne die Antwort abzuwarten.

»Ach ja?« Elisabeth ist sich allerdings nicht sicher, ob sie die Theorie wirklich hören will.

»Aber das ist vielleicht zu intim«, meint Thomas.

»Ist das nicht schon egal?«, fragt Sandra.

»Nur zu«, sagt Elisabeth. »Ich fürchte mich nicht.«

»Du bist einfach immer noch wahnsinnig traurig, dass dein Mann gestorben ist«, erklärt Thomas. »Und jetzt hast du Angst, dich zu binden. Dich noch einmal einzulassen auf echte Liebe und Nähe. Und Angst, noch einmal eine große Liebe zu verlieren. Deshalb möchtest du mit Leo alles freier haben. Ungebundener.«

»Vielleicht hast du ja recht, wer weiß«, sagt Elisabeth. »Na und? Ich kann und will ohnehin keine Vergleiche ziehen, ich weiß nur, dass ich Leo wahnsinnig liebe und ihn immer lieben werde. Also von ungebunden kann keine Rede sein. Und auch Peter werde ich immer lieben, wo auch immer er jetzt ist. Und manchmal frage ich mich, wie das ist, wenn wir alle gestorben sind.«

»Wie meinst du das?«, will Sandra wissen.

»Also Peter ist schon tot«, erklärt Elisabeth, »aber wenn Leo und ich auch mal tot sind, wie ist das dann im Himmel? Vielleicht kannst du mir da als Religionslehrerin helfen? Kehre ich zu meinem ersten Mann zurück? Darf ich meine neue Liebe behalten? Muss ich mich entscheiden, oder darf man im Himmel zwei Männer haben?«

Sandra lacht. »Jetzt wird es ja doch noch richtig weihnachtlich besinnlich!«, ruft sie aus. »Also bei den Weltreligionen sehe ich eher schwarz für dich. Als Frau. Wenn du ein Mann wärst und Muslim, dann könntest du mehrere Frauen haben. Aber so ...«

»Hoffen wir mal alle, dass wir im Jenseits andere Sorgen haben«, meint Leo. »Oder am besten gar keine mehr.«

»Ich träume sehr oft von Peter«, erzählt Elisabeth. »Und das kann immer noch unglaublich verwirrend sein. Am Anfang, als ich mit Leo zusammengekommen bin, da war es klar ... die Sache mit dem Glück wird nicht so leicht werden. Plötzlich ist da ein anderer Mann, und der gefällt einem. Und all diese Dinge, die ich immer mit Peter und dann allein gemacht habe, soll ich plötzlich mit einem neuen Mann machen? Einkaufen gehen. Kochen. Wandern. Reden. Ins Kino gehen. Ins Restaurant. Ins Bett. Und jedes Mal hab ich ein schlechtes Gewissen gehabt und bin mir wie die größte Betrügerin vorgekommen. Aber schön langsam habe ich es gelernt. Und hab mir auch Hilfe von außen geholt, ja, das war wichtig, professionelle Beratung. Leo ist ja wirklich sehr geduldig …«

»Ich habe einfach auf dich gewartet. Und das habe ich noch keine Sekunde bereut.«

»Und als ich mir endlich erlaubt habe, im Glück anzukommen, ist Peter wieder aufgetaucht. Es war immer wieder derselbe Traum in verschiedenen Varianten: Peter ist gar nicht tot. Peter lebt. Er war nur länger in der Reha! Seltsam, dass das Krankenhaus mich gar nicht informiert hat! Ja, es hat länger gedauert, aber dafür ist er jetzt wieder ganz hergestellt. Ja, es geht ihm prächtig! Er umarmt mich, er hat Einkäufe mitgebracht und beginnt Gemüse zu schneiden, während ich aus dem Küchenfenster schiele, ob Leo vorfährt. Peter ist mein Mann, wir sind verheiratet, seit fünfundzwanzig Jahren ein Paar, glücklich sind wir miteinander, wie soll ich ihm erklären, dass ich seit drei Jahren mit Leo zusammen bin? Dass ich wahnsinnig in Leo verliebt bin? Dass wir ein neues Bett gekauft haben? Dass es das alte Ehebett nicht mehr gibt, weil ich jetzt mit einem anderen Mann in einem neuen Bett liege?«

»Oh mein Gott«, meint Sandra. »Das müssen anstrengende Träume gewesen sein.«

»Ja. Leo hatte ganz ähnliche.«

»Stimmt. Sehr verwirrend.«

»Manchmal gibt es umgekehrt im richtigen Leben Augenblicke, von denen man sich wünschen würde, sie wären nur ein Traum«, sagt Thomas und sieht Sandra an.

Elisabeth geht nicht darauf ein: »Aber da, da habe ich es geglaubt. Peter ist wieder da. Und Leo kommt gleich nach Hause. Was soll ich machen? Wisst ihr, das heißt ja, mein größter Wunsch ist in Erfüllung gegangen – Peter ist gar nicht tot. Peter lebt und ist zurückgekommen! Und plötzlich ist dieser größte Wunsch eine Art Albtraum.«

»Da zerreißt es einem die Birne«, sagt Sandra. Eigentlich hat sie ja an der Seite von Thomas gelernt, sich gewählt auszudrücken, aber manchmal, wenn die Gefühle mit ihr durchgehen, fällt sie in die ländliche Sprache ihrer Kindheit zurück.

»Ja«, fährt Elisabeth fort, »ich hab einfach nicht gewusst, was ich tun soll. Ich fühle mich beiden verpflichtet. Der alten und der neuen Liebe.«

»Und wie sind die Träume ausgegangen?«, will Thomas wissen.

»Manchmal habe ich Peter erklärt, dass Leo gleich heimkommt. Im Traum hat er ihn gekannt und gemeint, das sei ja kein Problem. Und wer wo schläft, das würden wir dann noch sehen. Manchmal bin ich einfach aufgewacht. Und hab ein bisschen gebraucht, um zu realisieren, wer der Mann ist, der neben mir liegt. Und dass es in Ordnung ist, dass er da liegt.«

Schweigen macht sich wieder breit, und Sandra

findet, dieses Schweigen fühlt sich nun ein bisschen unangenehm an. Der Soundtrack von einem Film vielleicht? Safe Haven, das könnte passen. Ist halbwegs ruhig. Und der sichere Hafen – wo ist der? Für Elisabeth? Für Sandra?

»Und jetzt wissen wir noch immer nicht, wo ihr euch eigentlich kennengelernt habt«, sagt Sandra.

»Stimmt«, sagt Leo und streichelt Elisabeths Schulter. »Du hast ein bisschen weit ausgeholt, Schatz.«

»Eigentlich müsste man viel weiter ausholen«, sagt Elisabeth. »Es wäre nämlich gar nicht möglich gewesen, dass ich Leo kennenlerne, wenn ich nicht vorher eine Art Erweckungserlebnis gehabt hätte.«

»Ein Erweckungserlebnis?«, fragt Sandra nach. »Am dritten Tage auferstanden? Ostern statt Weihnachten?«

»Ich meine ein sexuelles Erweckungserlebnis.«

»Das macht es umso spannender«, meint Thomas.

Leo versucht, wieder zur Ursprungsfrage zurückzukehren: »Elisabeth und ich haben uns über das Internet kennengelernt.«

»Ich dachte, diese Partnersuchseiten sind alle bescheuert, weil man da nur Verrückte trifft«, bemerkt Sandra.

»Das ist im Prinzip richtig. Aber es kann auch anders gehen«, sagt Leo. »Pass auf. Die Geschichte ist nämlich auch recht spannend. Also, die seriösen Seiten habe ich mit der Zeit gelassen. Das bringt einfach nichts. Aber über eine weniger seriöse Seite bin ich dann in so ein Swinger-Forum gekommen. Da geht es eigentlich nur um Sex. Und dort habe ich Elisabeth kennengelernt.«

»Elisabeth, die trauernde Witwe?«, merkt Sandra an. Und sie schämt sich gleich dafür. Das war vielleicht doch ein bisschen zu hart.

»Genau die«, pariert Elisabeth gelassen. »Ich sagte ja, mein Erweckungserlebnis fehlt, sonst kann man das nicht verstehen.«

»Ich sage gleich dazu«, fährt Leo fort, »ich habe nie jemanden aus diesen Foren getroffen. Ich war dort, um mich zu amüsieren. Mich ein wenig umzusehen. Mit ein paar Frauen hin und her zu schreiben, mehr oder weniger unanständig. Und dabei bin ich auf DeepBlue getroffen.«

»DeepBlue? Wer ist das jetzt wieder?«, will Thomas wissen.

»So nannte sich Elisabeth in diesem Forum. Wegen ihrer Augenfarbe.«

»Er hieß Amore«, sagt Elisabeth und kichert.

»Okay, ich gebe zu, der Name ist ein bisschen platt, aber wir hatten Spaß miteinander beim Schreiben.«

»Wirklich, das stimmt.«

»Und wir haben gesehen, dass wir gar nicht so weit voneinander entfernt wohnen. Also die Leute lügen da ja viel. Aber wir haben beide Wien angegeben.«

»Aber natürlich haben wir nicht gesagt, wo genau. Also ich habe bei meinem Bezirk geschummelt.«

»Ich auch. Aber diese Plattform sagt dir die angebliche Entfernung von den Leuten, mit denen du chattest. Fünfzehn Kilometer … Das war schon aufregend. Irgendwie …«

»In Reichweite!«, ergänzt Elisabeth. Und Leo fährt fort: »In Wahrheit war es anders. Ganz anders.«

»Und was wir uns alles geschrieben haben. Leo war lustig. Einfach lustig. Nicht so diese Willst-du-meinen-Schwanz-er-ist-so-groß-Nummer, einfach witzig und charmant. Aber auch ein bisschen anzüglich natürlich.«

»Was heißt anzüglich! Wir haben einander die intimsten Geheimnisse verraten. Immer so getan, als würden wir uns gleich treffen. Was wir beide nicht vorhatten.«

»Natürlich nicht!«

»Manchmal haben wir bis spät in die Nacht herumgeschrieben. Was sind deine erogenen Zonen, habe ich sie zum Beispiel gefragt.«

»Ich glaube, da warst du schon betrunken, Leo.«

»Kann sein. Aber bitte, na gut, hast du geschrieben. Die Oberseite der Oberschenkel. Die Oberseite wohlgemerkt, nicht die Innenseite.«

»Und er: die Brustwarzen. Er findet aber, das ist ein hässliches Wort. Es klingt wie eine Krankheit. Aber ob es Brustknospen sind bei einem Mann? Das hat er auch zu kitschig gefunden. Und dann hat er ein Foto von seinem Oberkörper geschickt, hat Blüten hineinmontiert statt der Brustwarzen.«

»Orchideen?«, fragt Sandra.

»Ich glaube, es waren Gänseblümchen«, antwortet Elisabeth. »Er ist aber noch dreister geworden. Wo ist deine Lieblingsposition beim Sex?, haben wir uns gegenseitig gefragt. Und gleichzeitig geantwortet: unten.«

»Oh, beide faul. Das wird ein Problem, hab ich geschrieben«, erzählt Leo. »Und sie darauf: Jemand von uns wird sich anstrengen müssen. Na ja, wir können einander ja dabei abwechseln. Aber ich flehe dich an: Bitte, bitte nuckle nie an meinem Ohrläppchen, das kann ich nicht ausstehen.«

»Ich war mir sicher, wir lernen einander nie kennen«, sagt Elisabeth.

»Ich dachte, sie ist Lehrerin. Weil sie so schön schreibt. Aber irgendwie zu schnörkellos für eine Lehrerin.«

»Rede ich vielleicht schnörkelig?«, will Sandra wissen. Aber Leo erzählt einfach weiter.

»Wir sind einander schreibend nähergekommen. Elisabeth hat erzählt, dass sie verwitwet ist.«

»Und Leo hat von seiner Scheidung und von seiner Tochter erzählt.«

»Und eines Abends hat sie mir ein Foto geschickt: ein wunderschöner Sonnenuntergang. Für dich, Amore. Und da wusste ich alles.«

»Tja, war ziemlich blöd. Ich habe das Foto von meinem Balkon aus gemacht.« Elisabeth lacht.

»Zwei Tage später sind wir einander im Aufzug begegnet«, erzählt Leo. »Ich dachte mir, ich hab nichts zu verlieren, sie kann mich höchstens für etwas verwirrt halten, aber was soll's. Also hab ich gesagt: Hallo, DeepBlue.«

»Oh mein Gott, bin ich erschrocken!«, ruft Elisabeth aus.

»Sie ist rot geworden wie ein Teenager nach dem ersten Küsschen. Tatsache ist: Elisabeth alias DeepBlue wohnt in der Wohnung über mir.«

»Unfassbar«, sagt Thomas.

»Nach einer Schrecksekunde haben wir beide hysterisch gelacht, es wollte kein Ende nehmen«, erzählt Leo. »Und dann haben wir einander zum Essen getroffen. Oder gekocht. Die Nachbarschaft gelebt. Dieses Beschnuppern ging dann noch über Monate. Bis es endgültig gefunkt hat.«

»Wir kennen einander ja seit Jahren«, fährt Elisabeth fort. »Aber eben nur vom Sehen. Oder fast. Leo war immer ein Netter. Der liebste Nachbar. Alle haben damals mitbekommen, dass Peter gestorben ist. Leo war der Einzige, der an meiner Tür geläutet hat, um zu kondolieren. Einfach zu sagen: Es tut mir leid. Und eine Tafel Schokolade hat er mir auch geschenkt.«

Keep your head up, keep your heart strong, singt Ben Howard. Keep your mind set, keep your hair long.

»Oh mein Gott, waren wir verliebt ineinander«, erzählt Elisabeth weiter. »Ich hätte nie gedacht, dass mir das noch einmal passiert in diesem Leben. Und in meinem Alter. Mit dem vollen Programm – nächtelange Gespräche, Händchenhalten, Küssen bei jeder Gelegenheit, Herzklopfen … dieses permanente Herzklopfen …«

»Oh ja, das hatte ich auch«, sagt Leo und nimmt Elisabeths Hand in die seine. »Manchmal war es schon fast beunruhigend.«

»Oh ja, das kennen wir auch«, sagt Thomas. »Eine gewisse Übelkeit. Ein Ziehen in der Brust, als ob der Wind durchpfeifen würde. Zittrige Hände. Appetitlosigkeit. Intellektuelle Verwirrtheit bei gleichzeitigem Durchschauen der ganzen Welt. Ein ungeahntes Verständnis für alle Kreaturen des Universums. Aber dann. Was passiert danach?«

»Gewohnheit?«, schlägt Sandra vor und bekommt dafür von Thomas einen Blick, den sie nicht genau einordnen kann. Was ist das? Resignation? Traurigkeit? Bitterkeit? Ein Vorwurf?

»Die Natur schützt uns und lässt dieses rasende Anfangsgefühl irgendwann weniger werden …«, sagt Elisabeth. »Gott sei Dank! Das würde ja kein Mensch auf Dauer überleben, diesen Puls, diese Raserei, diese Sucht nach der Droge Liebe. Und dann, was passiert dann? Es entstehen Rituale, Codes, ja, der Rausch ist weg, aber vieles wird besser.«

»Zum Beispiel?«, will Thomas wissen.

»Zum Beispiel der Sex«, antwortet Elisabeth. »Wird einfach besser, wenn sich die Partner länger kennen.«

»Man kennt den anderen«, bestätigt Leo. »Und sich selbst … ist sicherer … Das hat auch Vorteile.«

»Aber wenn aus Sex Routine wird, ist das vielleicht auch nicht immer prickelnd«, meint Thomas. »Als Verliebter fühlt man sich wie betrunken, und nachher braucht man …«

»Alkohol?«, schlägt Leo vor.

»Oder Abwechslung«, fügt Elisabeth hinzu.

Sandra lacht. »Dürfte etwas mit A sein«, sagt sie.

»Oder mit U?«, fragt Thomas.

Stille. Nur die Musik – Keep your head up, keep your heart strong.

Die 10. Kerze

Leo nimmt beherzt die nächste Kerze vom Tisch, um das Schweigen zu unterbrechen. Bedrohlich wirkt es irgendwie, das Schweigen. Oder bildet er sich das ein?

»Thomas, du musst noch deine Kerze anzünden. Die Wie-habt-ihr-euch-eigentlich-kennengelernt-Kerze. Und die nächste Frage … die nächste Frage … die nächste Frage lautet so …«

»Kleinen Moment bitte«, unterbricht Thomas. Er mag Unordnung nicht. Es beunruhigt ihn, wenn sich Dinge vermischen. Immer schön eines nach dem anderen. Er nimmt das Teelicht, zündet es an und stellt es hinter Sandra auf die Kommode, in der sich die Gläser befinden. »Bereit.«

Leo liest vor: »Antworte mit einem Wort: Was könntest du nicht verzeihen?«

»Hatten wir das nicht schon?«, fragt Sandra. »Ich meine, ist das nicht fast dasselbe wie wo beginnt für dich Betrug?«

»Nein«, antwortet Thomas. »Das ist nicht dasselbe. Man kann ja auch Betrug verzeihen. Oder man könnte. Die Frage lautet: Was könntest du nicht verzeihen?«

»Elisabeth?« Leo sieht sie an. Obwohl die beiden die Fragen erfunden haben, an diese kann er sich nicht so genau erinnern. Über mögliche Antworten haben sie nicht diskutiert.

»Hintergangen zu werden«, sagt Elisabeth und deutet Sandra, dass sie an der Reihe ist.

»Eine Affäre, die lange dauert«, sagt Sandra. »Die sehr lange dauert«, korrigiert sie sich.

»Was ist sehr lange?«, fragt Thomas nach.

»Jahrelang.«

»Aha.« Stille.

»Und was kannst du nicht verzeihen?«, fragt Leo.

»Schlechten Stil«, sagt Thomas.

»Was meinst du damit?«, will Elisabeth wissen.

»Schlechten Stil«, wiederholt Thomas. Sandra muss an die Lippenstift-Oma denken. Eleganz, hat die Lippenstift-Oma immer gesagt, ist das Wichtigste im Leben. Denn Eleganz ist nichts Äußerliches, sondern ein innerer Wert. Eine Haltung, hat die Oma gemeint. Aber was Thomas gemeint hat, das weiß Sandra nicht. Und sie will es auch gar nicht so genau wissen.

»Ich weiß nicht«, sagt Leo, um schnell weiterzumachen. »Ich glaube, ich könnte alles verzeihen. Kann Liebe nicht alles verzeihen?«

Do that thing that I need, tönt es aus der Box. Wrap your arms around me. Wrap your arms around me. Wrap your arms around me.

Die 11. Kerze

Leo zündet das Teelicht an und stellt es auf das Fensterbrett zwischen zwei andere Orchideen. Es gibt ja genug davon.

»Jetzt wird es fast weihnachtlich«, sagt Sandra. Aber sie bereut es gleich wieder. Hat das geklungen wie eine Aufforderung an Leo und Elisabeth, doch endlich zu gehen? Das will sie nämlich jetzt nicht mehr. Die Andeutungen gefallen ihr nicht. Thomas' Ruhe gefällt ihr nicht. Die Ruhe vor dem Sturm? Achtung, Klischee! Würde Thomas wohl dazu sagen. Aber gibt es das nicht wirklich? Eine Ruhe vor dem Sturm? »Der Schneefall hat zugelegt«, fügt sie hinzu.

Leo dreht sich um: »Oh ja … sieht nach Schneesturm aus.«

Sandra beißt sich auf die Lippen.

»Ein Fläschchen Rot vielleicht noch?«, fragt Thomas. »Und was ist eigentlich mit deiner Suppe, Sandra? Mit der Ingwer-Kokos-Kürbissuppe?«

»Die passt nicht zum Rotwein«, antwortet Sandra. »Und die ist morgen auch noch gut. Außer ihr wollt …« Sie sieht Elisabeth und Leo fragend an.

»Danke nein«, sagt Leo. »Es gibt ja noch Käse und Salami, das ist perfekt. Aber ein Glas Rotwein noch, gerne.« Er wundert sich, wie viel er trinken kann, ohne sich betrunken zu fühlen. Alle haben viel getrunken, aber irgendwie hat sich das jetzt gesetzt. Und beim Rotwein sind die Mädels zurückhaltender.

»Rauchen könnten wir noch«, schlägt Elisabeth vor.

»Nein, Schatz«, sagt Leo. »Du wirst dich jetzt nicht vor deiner nächsten Frage drücken. Und schau mal raus. Es ist wirklich windig. Und eiskalt.«

Thomas öffnet die nächste Flasche, riecht am Korken, schenkt sich einen Zentimeter ein, schwenkt den Wein, sieht die Schlieren an, die sich auf dem Burgunderglas bilden, riecht, kostet, wartet ein wenig, nickt. Elisabeth beobachtet ihn und bewundert die Routine, mit der er das macht. Aber fehlt nicht etwas? Hingabe? Vergnügen? Freude? Ja, eine gewisse Gewandtheit und Routine, das hat schon etwas. Aber es ist nicht alles.

Elisabeth ist gespannt, welche Frage sie jetzt ziehen wird. Hoffentlich irgendetwas, das zur Entspannung beiträgt. Etwas Unverfängliches. Vielleicht sogar etwas Lustiges. Elisabeth nimmt das Teelicht, das am weitesten von ihr entfernt steht, und öffnet die Papierrolle. Sie hat Glück gehabt. Genau das Richtige. Eine Frage, bei der sie nichts falsch machen kann. Eine unverfängliche Frage, bei der weder Sandra sich verraten noch Thomas explodieren kann. Sie liest vor: »Erzähl dein interessantestes Urlaubs-Sex-Erlebnis.«

Leo lacht auf: »Da bin ich aber gespannt!«

»Ich auch«, sagt Thomas. »Ich hab da keinerlei Erfahrung. Bekanntlich bin ich ja der, der im Urlaub immer nur liest, während seine Frau vor lauter Einsamkeit einen ganzen Strand voller Männer herbeifantasieren muss.«

»Voll Männer«, korrigiert Sandra. »Voller ist umgangssprachlich.«

Thomas sieht sie an, während er ihr Wein nachschenkt. Er lächelt. Es ist furchtbar mit Sandra. Wenn sie solche Dinge sagt, hat sie eine Art zu schauen … so schnippisch. Bisschen stolz. Und dann liebt er sie so heiß. So wahnsinnig. Und um das Gefühl zu bestätigen, sieht er ihre Füße an. Diese wunderbaren, geerdeten, irgendwie rührenden Füße. Rührend, ja, das sind sie.

»Wenn es dazu passt, könntest du uns dein Erweckungserlebnis erzählen«, meint Sandra. »Mich würde es immer noch interessieren.«

»Zufällig war das im Urlaub«, sagt Elisabeth.

»Oh nein«, sagt Leo. »Bitte nicht.«

»Leo mag die Geschichte nicht besonders.«

»Vielleicht kennt ihr aufgeschlossenen Menschen doch so etwas wie … Eifersucht?«, fragt Thomas. Leo richtet zustimmend den Zeigefinger auf ihn und nickt.

»Aber er kennt die Geschichte?«, fragt Sandra.

»Klar«, sagt Elisabeth. »Wir kennen alle Geschichten voneinander.«

»Und die mit der Asiatin?«, will Sandra wissen. »Und die mit dem Riesenrad?«

»Da gibt es wohl doch ein paar Geheimnisse«, hakt Thomas nach.

»Du könntest die Peka-Geschichte erzählen. Das ist doch auch ein interessantes Urlaubs-Sex-Erlebnis«, schlägt Leo vor. Erstens, um von den Geheimnissen, und zweitens, um von der Erweckungsgeschichte abzulenken. Denn die mag er wirklich nicht besonders. Weil er eifersüchtig ist? Weil er sie ... seltsam findet?

»Wer ist Peka?«, fragt Sandra. »Ist das eine lesbische Geschichte? Elisabeth und Peka?«

Elisabeth lacht: »Peka ist ein Eintopf ... eine kroatische Spezialität ... meistens mit Lammfleisch. Der wird stundenlang in so einem Tongefäß auf dem offenen Feuer gegart ... Schmeckt wirklich sehr lecker.«

Thomas zuckt zusammen. Er hat viel dazugelernt in den vergangenen Jahren. Er ist toleranter geworden. Aber lecker, nein lecker geht nun wirklich gar nicht. Überall breitet sich dieses Werbungsdeutsch aus!

»Thomas mag lecker nicht besonders«, sagt Sandra. »Ich meine, das Wort lecker.«

»Ist aber wirklich ... also gut ... sehr gut!«

»Und du hattest also Sex mit so einem ... Tongefäß?«

Elisabeth lacht. »Nicht direkt.«

»Das Ganze ist in Rovinj passiert«, hilft Leo weiter. »Peka ist eigentlich eine dalmatinische Spezialität, aber für die Touris machen sie das auch weiter oben in Kroatien.«

»Rovinj ist eine Swinger-Gegend«, übernimmt Elisabeth. »Da gibt es einen Strand, da geht es schon wild zu, fast ein bisschen viel, vor allem unendlich viele Männer, die eigentlich nur schauen wollen, und da …«

»Du erzählst die Geschichte ganz falsch«, fällt ihr Leo ins Wort. »Eines nach dem anderen, sonst verrätst du ja alles.«

»Aber vielleicht will ich diese Geschichte gar nicht erzählen?«, wirft Elisabeth ein.

»Sondern die vom Erweckungserlebnis«, schlägt Sandra vor.

»Peka wird üblicherweise erst ab vier Personen angeboten«, fährt Leo fort, denn er will die Erweckungsgeschichte wirklich nicht hören. »Weil das doch viel Aufwand ist und ziemlich lange dauert, also lohnt es sich erst ab vier Essern. Und wir wollten das gerne mal versuchen, aber wir waren nur zu zweit. Und dann …«

»Bist jetzt du dran oder Elisabeth?«, fragt Thomas. »Als Lektor muss ich sagen, dass ihr an der Dramaturgie dieser Geschichte noch arbeiten müsst.«

»Na ja, ich habe schon alles verraten«, sagt Elisabeth und lacht. »Also ich fürchte, den Rest könnt ihr euch jetzt schon denken.«

»Ich kann mir gar nichts denken«, sagt Sandra. »Wie wird aus einem Eintopf Sex?«

»Wir saßen also in einem Lokal …«

»Einer Konoba.«

»Und haben darüber geredet, dass eine Peka sehr

le… sehr fein wäre. Am Nebentisch saß auch ein Paar, Deutsche, die haben das gehört, also haben wir für den nächsten Abend zu viert eine Peka bestellt, und so sind wir ins Gespräch gekommen … Und die beiden haben eine Bucht gekannt, in der nicht so viel los war, recht einsam … Die haben sie uns am nächsten Tag gezeigt.«

»Wir sind stundenlang durch irgendwelche Wälder gehirscht und über Felsen geklettert.«

»Nun ja, Alleinsein hat seinen Preis. Aber wir waren ja nicht allein, wir waren mit dem anderen Paar, und noch ein junges Paar war dort, und, na ja …«

»Es wurde recht vergnüglich in der Bucht«, ergänzt Leo.

»Aber wie passt das zum Verliebtsein?«, will Thomas wissen. »Ich meine, vorher bekommt ihr ganz feuchte Augen, wenn ihr von eurer Verliebtheit erzählt, und dann habt ihr Gruppensex mit Wildfremden an einem Strand?«

»Das war im vergangenen Sommer«, antwortet Leo. »Unsere ersten beiden Sommer haben wir in absoluter Zweisamkeit verbracht. Obwohl wir uns ja von der Swinger-Seite kannten. Aber ich habe nie jemanden von dieser Seite getroffen.«

»Ich übrigens auch nicht«, beeilt sich Elisabeth zu sagen.

»Wir sind mehr oder weniger in diese Szene hineingerutscht«, sagt Leo.

»Und es war lustig«, sagt Elisabeth.

»Und seither treffen wir manchmal gemeinsam Paare, mit denen wir uns im Internet verabreden.«

»Wie zum Beispiel euch«, fügt Elisabeth hinzu und muss schon wieder lachen. »Wie ihr seht, es geht nicht immer nur um Sex.«

»Aber auf diesem Strand … Ich meine, ist das dann wie in Sandras Fantasien? Jeder mit jedem?«, fragt Thomas.

»Lass bitte meine Fantasien aus dem Spiel!«, sagt Sandra. Ach, hätte sie doch nie davon erzählt!

»Aber wie geht das?«, will Thomas wissen. »Da geht man in diese Bucht …«

»Es war eine Wanderung!«, wirft Leo ein.

»… und dann teilt man seinen Partner? Du hast zugeschaut, wie ein anderer Kerl mit Elisabeth …«

»Es gibt Regeln. Codes. Gesetze. Wie im sogenannten normalen Leben«, erklärt Elisabeth. »Man fragt um Erlaubnis. Das kann man auch mit einem Blick tun oder mit einer Handbewegung. Und du kannst immer entscheiden, was du tun willst und was nicht. Und dein Partner oder deine Partnerin wird das Gleiche tun. Das kann von Tag zu Tag verschieden sein, es hängt von den anderen ab, von der Laune, von dem, was die anderen wollen, von der Umgebung … Also dort in der Bucht, wie hat das begonnen …«

»Also zuerst, glaube ich, hat Vera begonnen … Sie hieß doch Vera? Sie hat also begonnen, mich …«, will Leo erzählen, aber Sandra unterbricht ihn. »Bitte keine Details«, ruft sie schnell, »ich will es nicht so genau wissen. Meine Vorstellungskraft reicht vollkommen.«

»Aber was spürt ihr dabei?«, fragt Thomas.

»Aufregung«, antwortet Elisabeth. Und Sandra nickt unwillkürlich. Ja, das kann sie verstehen.

»Was wir spüren?« Leo nimmt die Frage wieder auf. »Wir spüren Freude ... Lust ... und, ob ihr es glaubt oder nicht, eine tiefe Verbundenheit.«

»Es geht nur über Vertrauen«, erklärt Elisabeth. »Wir sind zwar nicht miteinander verheiratet, leider. Aber vertraut sind wir miteinander.«

»Und was hältst du von dem Satz: Besser man bereut, was man getan hat, als man bereut, es nicht getan zu haben?«, fragt Leo.

»Ich kenne den Spruch«, antwortet Thomas. »Er klingt besser, als er ist. Wer spricht aus dem Satz? Deine Begierde, die alles haben will? Oder dein Herz, das weiß, was es will? Wenn du nur ein bisschen in dich hineinhören würdest, wüsstest du sehr gut, was du tun und was du lassen sollst.«

»Das tue ich auch«, sagt Leo ruhig. Aber irgendwie kann er es nicht verhindern, sich angegriffen zu fühlen.

»Manchmal ist es eben schwer, die Entscheidung zwischen Moral und Lust zu treffen«, fährt Elisabeth fort. »Es ist oft eine Gefühlssache, und deshalb für jeden anders. Überhaupt ist so viel eine Frage des Gefühls! Denken ist eine schöne Sache, und manchmal ungemein praktisch. Aber Denken ist nur ein kleiner Teil des Lebens. Ein ziemlich kleiner sogar.«

»Das fürchte ich auch«, sagt Thomas.

»Worum es wirklich geht, ist Vertrauen«, erklärt Leo. »Weißt du, was das Interessante ist? Je mehr Freiräume du bekommst, desto mehr sehnst du dich nach Nähe.«

»Wir versuchen das zu leben, wovon andere nur heimlich zu träumen wagen«, sagt Elisabeth. Sie ist in dieser Szene noch nicht lange beheimatet. Aber mit den Menschen kennt sie sich ein bisschen aus. »Alle haben Träume, viele halten ihre für pervers oder nicht realisierbar, aber sie sind damit nicht allein. Wir haben das alle! Und wenn du davon träumst, warum tust du es dann nicht? Wovor hast du Angst? Was hindert dich daran, das Leben zu leben? Du weißt ja nicht, wie viel davon du noch übrig hast. Und im Nachhinein gesehen gibt es keine schöneren Augenblicke als die der Liebe, des Sichselbstvergessens, des Einsseins. Ich frage mich einfach – worauf warten so viele? Warum erlauben sie sich nicht, glücklich zu sein?«

Das klingt, als wäre es von Udo, dem Dichter, denkt Thomas missmutig. Aber er sagt etwas anderes. Er fragt: »Du arbeitest nicht für die Müllabfuhr, stimmt's?«

»Irgendwie schon«, antwortete Elisabeth und macht eine Pause. »Ich bin Psychotherapeutin.«

Das hat gesessen. Swinger-Elisabeth mit den blondierten Haaren arbeitet gar nicht bei der Müllabfuhr, sondern hat eine ziemlich harte und solide Ausbildung absolviert. Psychotherapeutin! Ausgerechnet.

Stille. Nur die Musik – Tell me why everything turned around …

Thomas wendet sich an Leo: »Und du bist Universitätsprofessor?«

»Gut geraten.«

»Soziologie?«

»Nein. Scherz. Ich hab einen Handel für Anglerzubehör. Ehrlich.«

»Ihr habt uns angelogen! Warum? Warum?« Sandra ist mehr als nur irritiert. Sie ist verstört. Weil es so gar nicht in ihr Weltbild passt, dass gebildete Leute erstens schamlos lügen und zweitens in der Swingerszene unterwegs sind. Und von Psychotherapeuten fühlt man sich immer irgendwie durchschaut. Wenn sie das gewusst hätte! Sie hätte sich anders verhalten. Sie hätte sicher nicht diese Strand-Fantasie erzählt. Und auch sonst! Bestimmt werde ich in der Klapsmühle landen, bei allem, was ich so von mir gegeben habe. Meine Güte! Hilfe, eine Psychotherapeutin!

Elisabeth wendet sich Sandra zu: »Ich erzähle nie, was ich beruflich mache, weil die Leute sich dann anders verhalten. Sie fürchten sich, irgendwie. Wer will schon etwas mit einer Psychotherapeutin zu tun haben?«

»Ach, mir ist das egal«, sagt Thomas. »Ich habe mit Autoren zu tun, da bin ich Kummer gewohnt.«

»Elisabeth hängt ihren Beruf nicht an die große Glocke«, erklärt Leo. »Ich meine, Swinger und Psychotherapie, das passt jedenfalls in der üblichen Sichtweise der Gesellschaft nicht so zusammen.«

»Du heißt auch nicht Elisabeth«, sagt Thomas zu Elisabeth.

»Doch. Aber Elisabeth ist mein zweiter Name. Beruflich verwende ich meinen ersten. Das Googeln kannst du dir also sparen.«

... You can go your own way... You can call it another lonely day...

Im Gegensatz zu Thomas, der das seltsamerweise alles normal zu finden scheint – ausgerechnet Thomas, der unvorhergesehene Ereignisse nicht leiden kann! –, fühlt sich Sandra von Elisabeth betrogen. Wie kann sie nur so gescheit daherreden, über das angeblich verlogene Leben der anderen! Und selbst ist sie die größte Lügnerin! Sie macht angeblich alles toll und richtig, alle anderen sind blöd oder verklemmt... Wie scheinheilig das ist!

»Wenn schon deine Urlaubs-Sex-Story in erster Linie von Leo erzählt wurde, könntest du uns jetzt als kleine Wiedergutmachung wenigstens deine Erweckungsgeschichte erzählen«, sagt Sandra. Vielleicht gibt es da ein paar Gelegenheiten, den einen oder anderen ätzenden Kommentar loszuwerden, denkt sie. »Zuerst Spannung aufbauen und dann kneifen, das ist total unfair«.

Thomas denkt an das Zitat von Tschechow – »Wenn im ersten Akt ein Gewehr an der Wand hängt, dann muss es im letzten abgefeuert werden.« Oder war es eine Pistole? Egal. Mit ziemlicher Sicherheit dürfte das Zitat tatsächlich von Tschechow stammen. Und eine interessante Geschichte will er immer gerne hören. Allerdings scheint Sandra seltsam wütend zu sein. Sie hat nicht nur die Hände verschränkt und dreht die Daumen im Kreis, sie wippt auch mit dem Fuß. Hört gar nicht mehr auf, mit dem Fuß zu wippen. Thomas versteht Elisabeth. Stimmt doch, hätte sie von Anfang an gesagt, dass sie Psychotherapeutin ist, hätte sich doch niemand getraut, aus sich herauszugehen. Nicht einmal ein bisschen. Und bis auf diese kleine Schummelei hat sie sich nichts zuschulden kommen lassen. Vielleicht zeigt diese Erweckungsgeschichte ja, wie verrückt Elisabeth eigentlich ist. Sie muss verrückt sein. Einem Autor würde Thomas diesen Gedanken nie auf Papier durchgehen lassen – aber er selbst denkt schon, dass an dem Klischee etwas Wahres ist, wonach Pädagogen Probleme mit Kindern haben, Mediatoren mit Beziehungen und Psychologen mit der Psyche.

»Nun ja, die Geschichte«, fängt Elisabeth an, die jetzt nicht noch mehr Lärm um nichts machen will. Nichts? Na ja, nichts war es nicht. »Dieser eine Urlaub war meine Trauer-Überwindungsgeschichte. Obwohl, nein … Die Trauer ist nie vorbei. Wie soll ich es sagen? Der Stachel war weg. Der spitze, schmerzhafte Stachel der Trauer.«

»Fängt ja schon sehr sexy an«, wirft Sandra ein.

Die hat aber schlechte Laune, bemerkt Elisabeth, aber sie macht einfach weiter. Bei schlechter Laune ist es oftmals am besten, man ignoriert sie einfach. »Und … Wie soll ich sagen … Ich war bis dahin immer so unglaublich brav. Hab nie etwas Verbotenes gemacht. Hab nicht mal dran gedacht, etwas Verbotenes zu tun. Also, zwei Jahre nach Peters Tod und ein Jahr, bevor Leo und ich zusammengekommen sind, bin ich in den Urlaub gefahren. Nach Italien. Allein. Das war eine ziemlich große Überwindung. Erstens, überhaupt in den Urlaub zu fahren, also sich etwas Schönes zu gönnen. Und dann noch allein. Im Flugzeug nach Bari haben mich die Mitreisenden bedauernd angesehen. Ganz allein unterwegs? Die junge Frau bei der Mietwagenfirma fragt, ob ich denn ganz allein unterwegs sei? Im Hotel will der Portier wissen, ob ich denn das Doppelzimmer ganz allein nutze? Und wenn man abends allein essen geht, sieht dich das ganze Lokal mit diesen Dackelaugen an … ganz allein? Kennt ihr Gallipoli?«

»Nie gehört«, sagt Thomas.

»Das ist eine entzückende kleine Stadt am Meer, auf einer Art Halbinsel. In Apulien. Ich habe schon am zweiten Abend meine Lieblingsosteria entdeckt, am alten Hafen, ganz einfaches Essen, gegrillter Fisch, Muscheln, Meeresfrüchte, Nudeln … unglaublich. Ein kleines Lokal. Da konnten mich weniger Leute mitleidig ansehen. Und da war Luca.«

»Ah, Luca! Na endlich!«, sagt Sandra.

»Er hat fantastisch gekocht. Charmant serviert. Und er hat sich einfach Zeit für mich genommen«, erzählt Elisabeth unbeirrt weiter. »Sobald seine Gäste bedient waren, hat er sich zu mir gesetzt und ein bisschen mit mir geplaudert. Einfach nur charmant und nett.«

»In welcher Sprache habt ihr miteinander geredet?«, will Sandra wissen.

Elisabeth lacht. »So ziemlich jede. Mit Händen und Füßen. Deutsch, Italienisch, Spanisch, Englisch, Französisch …«

»Griechisch fehlt«, wirft Sandra spitz ein. »Aber das mögen nicht alle.«

»Sandra. Entspann dich«, sagt Thomas. »Du warst es, die die Geschichte hören wollte.«

»Ich bin am Abend öfter länger sitzen geblieben, habe gelesen. Ja, es stimmt, ich habe gewartet, bis alle Leute weg sind. Ich wollte wissen, was dann passiert. Das war spannend. Auch, wenn es mir zwischendurch immer wie ein Verrat an Peter vorgekommen ist.«

Sandra stellt ihren wippenden Fuß auf den Boden. »Sehr sexy ist die Geschichte von deinem schönsten Sex-Erlebnis aber noch nicht.«

Elisabeth lacht unbeschwert. »Eh nicht. Also gut. Eines Abends hat Luca so richtig mit mir zu flirten begonnen. Und weil er so ein netter Kerl ist, sympathisch und mit seinem Bart und seinem kleinen Bauch ein Mann, wie er mir gefällt, habe ich zurückgeflirtet. Bis er mich nach der Sperrstunde geküsst hat. Und wie er geküsst hat! Wir könnten uns anderntags im Strandhaus seines Onkels treffen, hat er gemeint. Wir müssten nur warten, bis seine Frau schlafen gegangen ist.«

»Oh! Er hat eine Frau! Die hat wohl in der Küche geschuftet, während er draußen mit den Touristinnen geflirtet hat. Sympathischer Typ!« Sandra beginnt wieder mit ihrem Fuß zu wippen.

»Er hat auch genug geschuftet, das kannst du mir glauben«, sagt Elisabeth. »Am nächsten Tag war ich hin- und hergerissen zwischen Nervosität und Vorfreude. Es war weit nach Mitternacht, bis endlich die letzten Gäste und Lucas Frau schlafen gegangen waren. Dann haben wir uns auf sein Motorrad gesetzt … Allein schon hinter ihm zu sitzen und mich an ihm festzuhalten, hat sich wahnsinnig gut angefühlt. Das Strandhaus seines Onkels war klein, aber sauber und mit dem Wichtigsten ausgestattet – einem Bett und einem Badezimmer.«

»Klassische kleine Fickbude«, meint Sandra.

»Sandra!«, sagt Thomas.

»Luca war wahnsinnig höflich und zärtlich.«

Sandra weiß selbst nicht genau, warum diese Geschichte sie so aufregt. »Und hoffentlich hat er ein Kondom benutzt!«, ruft sie aus. »Wenn der dort alle Touristinnen flachlegt, weiß man ja nicht, was man sich alles einfängt.«

»Ich hatte das erste Mal seit vielen Jahren wieder richtig Spaß. Wir sind dann noch ein wenig am Strand spazieren gegangen. Der Sand unter den Füßen. Der Mond über dem Meer. Das Rauschen der Wellen. Ich war glücklich. Das erste Mal seit Jahren glücklich. Dann kam der Tag der Abreise, das war im Juni … Zum Abschied sind wir noch einmal in das Strandhäuschen gefahren. Und es war noch schöner als beim ersten Mal. Wir haben unsere Telefonnummern ausgetauscht, aber ich bin ja auch nicht blöd, ich war mir sicher, nie wieder etwas von Luca zu hören. Und dann, plötzlich, im Oktober, kam eine SMS von ihm – er macht jedes Jahr Ende Oktober eine Motorradtour durch Apulien und Kalabrien, ob ich mitfahren will? Meine Güte, was habe ich lange hin und her überlegt. Aber dann hab ich mir gedacht: Ist ja egal, was soll schon sein? Wenn es nicht gut läuft, fliege ich eben wieder heim. Aber: Es war wunderbar.«

»In einer glücklichen Ehe oder Beziehung geht man nicht fremd«, sagt Thomas und weiß, dass das jetzt irgendwie nicht dazu passt. Aber diesen Luca, den kann er nicht verstehen. »Also mir widerstrebt das halt.«

»Ich weiß nicht, ob die beiden miteinander glücklich waren. Ich war jedenfalls nie untreu«, sagt Elisabeth. »Mein Leben lang nicht. Und ich werde es auch nicht sein.«

»Der ist gut«, meint Sandra.

»Leo und ich sind einander nicht untreu.«

»Das stimmt«, sagt Leo und rutscht unbehaglich auf dem Sofa hin und her. Dieser immer schärfer werdende Ton, der gefällt ihm nicht.

»Wir haben Spaß mit anderen Leuten, aber wir betrügen einander nicht.«

»Ihr seid krank«, sagt Sandra.

»Entspann dich«, sagt Thomas.

»Vielleicht sollen wir ihnen das später erklären«, meint Leo. Er weiß gar nicht, wie er noch beschwichtigen soll.

»Ja, er war seiner Frau untreu«, fährt Elisabeth fort. »Aber unterm Strich, das ist sein Problem. Er macht diese Motorradreise jedes Jahr im Oktober, ob mit mir oder ohne mich. Und er hat mir erzählt, dass er sich bei dieser Reise normalerweise Nutten bestellt, für die Nacht. Ich glaube, es wissen auch fast alle Bescheid. Wir haben Lucas Schwester besucht – mit Familienessen und allem, die waren sehr freundlich zu mir. Sein Onkel hat sogar auf Teufel komm raus mit mir geflirtet.«

»Und mit dem hattest du dann auch Sex?«, fragt Sandra zynisch.

»Nein, der war schon ein bisschen zu alt.«

»Und du warst also der billige Nuttenersatz für Luca? Er konnte Sex haben und musste nicht mal dafür zahlen? Wie fühlt sich das an? Als Nutte?«

»Nicht so, als wäre ich eine Nutte gewesen. Ich war einfach entspannt und glücklich. Unbeschwert. Wir sind in der Sonne mit dem Motorrad durch die Gegend gefahren, haben Calamari gegessen und in schlechtem Englisch irgendwas geredet, und dann haben wir stundenlang Sex gehabt. Es ging um nichts.«

»Das konntest du vorher nicht wissen«, sagt Sandra. »Sex ist unberechenbar. Liebe ist unberechenbar. Du hast die Gratis-Nutte in einem Ehebetrug gespielt. Etwas, was du selbst angeblich nie machen würdest. Angeblich.«

»Hör mal auf, die Religionslehrerin so penetrant heraushängen zu lassen«, zischt Thomas.

»Ich habe meinen Mann nie betrogen, und ich werde Leo nie betrügen«, entgegnet Elisabeth. »Aber in dem Fall war es ja nicht mein Problem, sondern seines. Ich hatte etwas Neues erlebt. Einfach nur Sex. Ohne Besitzansprüche. Ohne Liebe. Aber mit viel Respekt. Das Ganze war mein etwas schräger Einstieg in ein neues Leben. Mein Gott, ihr jungen Menschen, was seid ihr nicht alle korrekt und gut! Aber das Leben ist nun mal ein bisschen anders.«

»Erzähl ihnen was über das Leben«, ruft Leo dazwischen. Er ist nun auch schon etwas unwillig. Nur Thomas scheint sich tatsächlich für die Geschichte zu interessieren.

»Und wie ist es ausgegangen?«, fragt er.

»Unspektakulär«, antwortet sie. »Nach der Woche bin ich wieder heimgeflogen. Wir haben nie wieder voneinander gehört.«

»Und was war das Besondere daran?«, will Thomas wissen.

Elisabeth nimmt einen Schluck Wein und überlegt. »Ich habe endlich einmal etwas Schlimmes getan. Etwas Verbotenes. Oder etwas, das ich damals für schlimm und verboten gehalten habe.«

»Ist das nicht eine etwas dürftige Erklärung für eine Psychotherapeutin?«, fragt Thomas. »Ich meine, deine Ausbildung bestand ja unter anderem auch darin, dich selbst kennenzulernen. Nicht immer dem ersten Impuls zu folgen. Dinge auch zu hinterfragen.«

»Eben«, antwortet Elisabeth. »Ich habe endlich

einmal nicht alles hinterfragt. Es hat sich richtig gut angefühlt.«

»Aber es gibt doch Vertrauen, Intimität, Bindung«, sagt Thomas, und er klingt verzweifelt.

»Ja klar«, meint Leo, »es gibt aber auch Lust, Abenteuer und Triebe.«

»Wieso muss man die unbedingt ausleben?«, fragt Thomas.

»Muss man ja nicht«, antwortet Elisabeth. »Aber warum muss man sie unterdrücken? Und so viele leben ihre Wünsche heimlich, lügen, betrügen und gehen fremd.«

»Außer ihr natürlich!«, ruft Sandra aus. »Ihr nicht! Ihr seid ja so toll und über alles erhaben!«

»Entspann dich«, sagt Thomas.

»Ich will mich aber nicht entspannen! Ich denke gar nicht daran, mich zu entspannen!«

»Vielleicht regst du dich nur so auf«, macht Leo weiter, »weil Elisabeth etwas gelebt hat, das du nur aus deinen Träumen kennst … weil du dich nicht traust, das zu leben?«

Sandra nimmt eines der nicht angezündeten Teelichter und wirft es nach Leo. »Vielleicht ist deine Frau ja wirklich Psycho-Irgendwas, aber das berechtigt dich jetzt noch lange nicht, hier deine Küchenpsychologie über mich zu stülpen.«

»Sandra! Es reicht!«, ruft Thomas.

»Ja, es reicht! Mir reicht's! Verschwindet!«

»Schon gut«, sagt Leo. »Komm, Schatz.« Er nimmt Elisabeth an der Hand, doch Thomas sagt nun etwas, das die beiden daran hindert aufzustehen: »Ich kann den Abend nicht beenden, ohne über das zu reden, worum es für mich die ganze Zeit ging.« Stille. Die Musik ist zu Ende gegangen, bemerkt Sandra genervt, ihr Handy macht manchmal, was es will. Thomas zittert.

»Und das wäre?« Elisabeths Frage klingt eher ängstlich als ermutigend.

»Ich habe geglaubt, es würde von selber ans Tageslicht kommen. Also ans Abendlicht. Aufs Tapet. Zur Sprache.« Thomas fühlt eine große schwarze Leere in seinem Kopf. Er kann niemanden ansehen. Er starrt auf den Teppich zu seinen Füßen. »Aber es ist nicht geschehen. Wir haben das Thema umkreist und umkreist. Aber es war nicht genug. Sandra hätte einige Chancen gehabt. Aber sie hat nicht aufgehört zu lügen.«

»Ich?« Sandra springt auf. »Die beiden haben gelogen! Die beiden, die da völlig ungebeten und unerwünscht auf unserem Sofa sitzen. Das haben sie sogar gestanden! Und wer weiß, wie oft sie noch gelogen haben! Und dann sagst du, ich lüge? Ich??«

Thomas nimmt eine Kerze vom Sofatisch, zündet sie an, stellt sie wieder auf den Tisch, wirft den Zettel mit der Frage achtlos auf den Boden und sagt, mit ausdrucksloser Stimme: »Liebste, es war so schön gestern Abend, ich schwebe noch auf Wolke sieben, du bist die rare Mischung aus liebenswert und sexy, und ich könnte stundenlang in der Tiefe deiner Augen versinken. Du bist das Beste, was mir seit langem passiert ist. Küsse, Udo. PS: Wie ist es mit nächstem Sa.? Kriegst du frei?«

Thomas steht auf, nimmt drei weitere Kerzen, zündet sie an und verteilt sie im Raum.

»Was?«, fragt Sandra.

Thomas macht weiter mit den Kerzen, wirft die Papiere mit den Fragen achtlos irgendwohin und fährt fort, die Sätze aufzusagen, die sich in sein Gedächtnis eingebrannt haben: »Ich kann dich noch riechen und spüren überall auf meiner Haut … bin froh, dass es für dich auch gut war. Love, Sandra. Nächster Sa. okay.«

Thomas macht mit den Kerzen weiter, bringt solcherart eine seltsame Bewegung in die allgemeine Erstarrung. Ja, er weiß, die Effekthascherei passt eigentlich gar nicht zu ihm. Aber er wartet nun schon so lange auf diese Gelegenheit. Genau genommen seit einem halben Jahr. Sie hat sich nie geboten. Wenn Sandra heimgekommen ist, war alles wie immer, alles unauffällig, sie haben gekocht und gegessen. Freilich, sie hat ziemlich viel Zeit am Computer verbracht. Kurse vorbereiten hat das geheißen. Aber Thomas ist nicht der Typ, der dann hingeht und Skandal schreit. Nur weil er alles weiß. Deshalb ist er auch nur Abteilungsleiter und nicht Verlagschef. Da hat ihn ein Jüngerer überholt, Ellenbogen hat der! Hirn weniger. Aber das ist Thomas jetzt egal. Bevor er sich wichtigmacht, beobachtet er lieber Leute, die sich wichtigmachen, auch wenn sie ihn dabei überholen. Er macht das nicht aus Feigheit, eher aus

Eitelkeit. Oder Stolz. Er ist sich zu gut dafür, sich mit Leuten zu duellieren, die er nicht einmal für satisfaktionsfähig hält. Man muss ihn schon ziemlich provozieren, damit er einmal etwas sagt. Aber Sandra hat provoziert. Und jetzt ist es raus! Und das fühlt sich nicht schlecht an, ganz im Gegenteil, Thomas spürt, wie sich in seiner Brust etwas öffnet, seine Lunge arbeitet heftig, während den anderen der Atem stockt.

»Besonders schlimm fand ich diese Formulierung mit Wolke sieben. Jemand, der so ein banales Sprachklischee benutzt, ist im Grunde genommen nicht mal wert, in unserem Verlag publiziert zu werden. Das habe ich mit schlechter Stil gemeint. Wie kann meine Frau mit jemandem Sex haben, der Wolke sieben schreibt?! Und was heißt kriegst du nächsten Samstag frei? Bist du bei mir gefangen?«

Sandra ist schlecht. Sie muss sich übergeben. Sie hält sich die Hand vor den Mund und rennt auf die Toilette.

»Kennt ihr Walter Gropius?«, fragt Thomas. Er ist nun fertig mit dem Anzünden der Kerzen. »Egal, er war Architekt und hatte eine Affäre mit Alma Mahler, die damals mit Gustav Mahler verheiratet war. Dem Komponisten. Das war vor gut hundert Jahren. Walter Gropius und Alma haben sich während einer Kur kennengelernt und eine heiße Affäre begonnen. Gropius hat Alma unzählige Liebesbriefe geschrieben, und plötzlich ist ihm etwas passiert, eine klassische Fehlleistung, oder wollte er, dass alles auffliegt? Er schreibt Alma einen glühenden Liebesbrief, in dem er von ihren tollen gemeinsamen Nächten erzählt, und er adressiert den Brief an: Herrn Gustav Mahler, Musikdirektor …«

»Ach du Scheiße«, sagt Leo.

Sandra hat die Toilettentür geöffnet und steht da wie gelähmt. Jedes Wort, das sie hört, dreht ihr von neuem den Magen um.

»Ja. Und genau das hat Sandra auch gemacht. Nach acht Ehejahren erhalte ich von meiner Frau eine E-Mail: Ich denke beim Einschlafen und beim Aufwachen an dich, und dazwischen auch immer … Das fand ich zunächst sehr nett. Aber dann … Ich habe mich dir noch nie so nahe gefühlt wie gestern. Da wusste ich, es kann nicht um mich gehen, weil wir uns an diesem Gestern nur kurz gesehen hatten. Lass uns diese Nähe nie, nie, nie verlieren! PS: Tom fährt nächste Woche nach Leipzig, wir haben vier Tage nur für uns!«

»Ach du Scheiße.« Mehr scheint Leo nicht einzufallen.

»Ich habe etwas gemacht, was ich mir bis dahin nicht vorstellen konnte. Ich bin – wie man das im Urlaub macht – über Webmail in ihre E-Mail-Adresse eingestiegen, das Passwort hatte ich angelegt und kannte es daher, weil Sandra und Technik … Von da an habe ich ihre E-Mails überwacht und verstanden: ich: Tom – er: Torstensen. Udo Torstensen. Sie hatte nur To gedrückt und Enter, und so kam die E-Mail statt an Torstensen Udo an Tom. An mich. Ich habe mich dir noch nie so nahe gefühlt wie gestern. Und unten in ihren Mails konnte ich immer lesen, was er geschrieben hatte.«

Thomas geht im Wohnzimmer herum, heftig atmend, und sagt den Text auf wie ein Schauspieler.

»Er: Wie geht es dem Nacken?

Sie: Wieder gut. Deine Massage hat sich toll angefühlt.

Er: Dabei dachte ich, du hast mir den Kopf verdreht.

Sie: Meinem Nacken geht es wieder gut, aber der Rest fährt Hochschaubahn, und ich weiß nicht recht, ob das gut ist.

Er: Wohin fährt die Hochschaubahn?

Sie: Wohin ich fahre, weiß ich nicht, müsstest halt mitfahren, dann wäre es weniger gruselig.

Er: Soll ich vorne sitzen oder hinten?

Sie: Hinten könntest du mich besser festhalten und mit mir bis ans Ende der Welt fahren.«

»Thomas, bitte hör auf.« Sandra steht noch immer an der Toilettentür. Tränen laufen über ihr Gesicht.

»Als ob es nicht genug wäre, stieg ich bei unserem gemeinsamen Telefonanbieter in ihren Account ein, das Passwort kannte ich, das hatte auch ich angelegt. Ich fand im Abrechnungszeitraum März, April, Mai insgesamt 945 SMS an eine Nummer aus Deutschland. Neun-hun-dert-fünf-und-vier-zig!! Ich kontrollierte ihr Handy und ihren Computer, und es war demütigend, versteht ihr das? Demütigend, und zwar weniger das Finden, als die Tatsache des

Suchens! Wobei, das Finden war auch nicht ohne. Sie: Ich hab mir neue Dessous gekauft. Er: Für mich musst du das nicht machen. Ich finde dich ohne Dessous unübertrefflich schön. Sie: Du redest unübertrefflich schön.«

»Ach du Scheiße.« Tatsächlich, Leos Wortschatz hat sich dramatisch eingeschränkt.

»Ich hab diesen Torstensen immer für einen plumpen Autor gehalten. Udo Torstensen – ›Wie das Salz in meinen Tränen‹ – was für ein Titel! Udo Torstensen, das ist Rosamunde Pilcher mit Schwanz!«

»Thomas, bitte hör auf!«, schluchzt Sandra.

»Der wird alles aufschreiben. Wie kann man nur etwas mit einem Schriftsteller anfangen! Ich hoffe, der Roman wird wenigstens gut. Der Roman über dein Leben. Über unser Leben! Da wird alles drinnen stehen, und wenn du Glück hast, wird er nicht deinen richtigen Namen verwenden!«

»Warum hast du nichts gesagt?« Sandra hat sich nun zaghaft dem Wohnzimmertisch genähert.

»Ja, warum hast du nichts gesagt?«, möchte auch Elisabeth wissen.

»Es war dann vorbei«, sagt Thomas. »Vor einem halben Jahr ungefähr. Außer, sie hätten anders kommuniziert. Aber das glaube ich nicht. Dafür ist Sandra technisch nicht begabt genug.«

»Stimmt«, sagt Sandra und setzt sich zögernd.

»Und ich fand es einfach furchtbar, in den Mails herumgestöbert zu haben. Deshalb habe ich nichts gesagt. Bis heute.«

»Warum hast du nicht um mich gekämpft, Thomas?«

»Jetzt bin ich hier plötzlich der Schuldige?«

»Warum hast du es ihm nicht gesagt?«, fragt Leo.

»Was?«, will Sandra wissen.

»Dass du verliebt bist!«

»Wie hätte ich ihm das sagen können? Er wäre verletzt gewesen! Zu Recht!«

Thomas setzt sich. »Es mir zu sagen wäre unendlich weniger verletzend gewesen, als im Nachhinein draufzukommen, dass man vollkommen verarscht wurde. Hintergangen. Du hast mich behandelt wie ein Stück Scheiße.«

»Wenn ich es dir gesagt hätte, wären wir längst nicht mehr zusammen.«

»Ich bin draufgekommen, und wir sind zusammen.«

»Weil er Konfrontationen gerne aus dem Weg geht«, sagt Elisabeth. »Ein klassischer Vermeider-Typ.«

»Oh mein Gott!« Sandra hält sich die Hände vor das Gesicht und rubbelt an ihren Augenlidern, so stark, dass es fast wehtut. »Wie ist das alles hier passiert? Es ist doch Weihnachten!«

»Wir haben es uns auch mehr sexy vorgestellt«, meint Leo.

»Könnt ihr nicht einfach gehen?«, schluchzt Sandra.

»Unsere Gäste bleiben«, sagt Thomas.

»Dann gehe eben ich«, sagt Sandra und steht auf. »Aber weil es auch schon egal ist, sage ich euch vorher noch, warum ich Thomas nichts erzählt habe. Erstens, weil ich mit ihm verheiratet sein will. Ja, ihr braucht gar nicht so blöd zu schauen! Und zweitens, weil diese Geschichte nur Udo und mir gehört! Versteht ihr das überhaupt? Ihr wollt jetzt vielleicht, dass wir zu viert ins Bett hüpfen und irgendwelche Schweinereien machen, und alle haben sich lieb, aber das will ich nicht. Überhaupt nicht! Diese Liebe, die soll nur mir gehören. Mir. Und Udo. Er hat auch seiner Frau nichts davon erzählt. Das gehört nur uns beiden.«

»Toll für mich«, sagt Thomas.

»Was meinst du mit nur uns beiden?«, will Leo wissen.

»Nur uns. Nur mir und Udo. Etwas Intimes. Verstehst du wahrscheinlich nicht.« Sandra setzt sich wieder. Wohin sollte sie jetzt auch verschwinden? Genug herumgedruckst. Das wird sie jetzt durchkämpfen. Bis zum bitteren Ende. Wie auch immer das aussehen mag.

»Ich verstehe nicht, was daran intim sein soll«, fährt Leo fort. »Ich meine, es wäre zwischen dir und diesem Mann ohnehin intim gewesen. Thomas war ja schließlich nicht dabei. Deine Intimität ist nichts als Lust an Geheimniskrämerei.«

»Zahlst du sie dafür?« Sandra sieht Thomas fassungslos an. Die Gedanken drehen sich wild in ihrem Kopf. Warum kommt das jetzt? Nach einem halben Jahr? Vor einem halben Jahr hat sie das letzte Mal von Udo gehört, und seitdem ist er aus ihrem Leben verschwunden. Einfach verschwunden, ohne irgendeine Erklärung. Es tröstet Sandra wenig, dass es mit Ghosting sogar ein Fachwort gibt für diese offensichtlich verbreitete Art, eine Beziehung abzubrechen. Seit wann weiß Thomas es? Sie muss aufhören, ihre Daumen im Kreis zu drehen. Wütend klatscht sie in die Hände. »Ich kann es einfach nicht glauben, dass du das vor wildfremden Menschen auspackst.«

»Du hast ihn aus deinem Leben rausgeworfen«, meint Leo.

»Ich weiß schon, ich hätte ihn mitnehmen sollen zu unseren Treffen, damit er dabei sein kann! Wird das jetzt ein Strafgericht oder was? Hab ich was nicht mitgekriegt? Eure Art, euch Selbstbestätigung beim Sex mit Wildfremden zu holen, ist doch mindestens genauso billig. Und noch dazu ekelhaft!«

»Aber wenigstens ehrlich«, sagt Leo.

»Vielleicht versteht ihr das«, holt Sandra aus. »Die Gier nach dem Leben. Nach dem Kick. Nach dem Nichtaufhören des Genusses … Es ist doch genau wie deine Geschichte mit Marco!«

»Luca«, korrigiert Elisabeth. »Und ich erinnere dich daran, ich war nicht verheiratet.«

»Aber er! Bei uns war es wenigstens gleichberechtigt. Udo ist verheiratet. Ich auch. Wir haben einer gegenseitigen Anziehung nachgegeben, die unglaublich stark war, und es war wunderschön! Sorry, ja, wunderschön! Wenn mein Handy gepiepst hat, bin ich in eine Art Vor-Euphorie geraten, und wenn ich gesehen habe: Eine neue Mitteilung – Udo, hat mein

Herz zu rasen begonnen, und wenn ich gelesen habe, was er mir schreibt, bin ich direkt in den Himmel geschwebt.«

»Auf Wolke sieben«, sagt Thomas.

»Wollt ihr mehr? Na dann! Wenn schon Gericht, dann möchte ich die Höchststrafe! Mit Udo war es aufregend und nicht so routiniert und… so ganz anders als der Alltag! Ich habe mich wieder wie ein lebendiger Mensch gefühlt. Wie jemand, der irgendwie doch mit dieser Welt und diesem Universum in Verbindung steht! Mit der Zeit wurde ich süchtig. Ich musste einen Pakt mit mir schließen, nicht öfter als sechsmal in der Stunde auf das Handy zu schauen.«

»Alle zehn Minuten!«, sagt Thomas lapidar.

»Dazu brauchte ich eine fast übermenschliche Zurückhaltung. Am Ende habe ich auch während der Schulstunden geantwortet.«

»Ich hätte es viel früher wissen müssen«, sagt Thomas. »Dieser ständige Blick auf das Handy! Das fällt mir erst jetzt auf! Diese totale Abwesenheit und der ständige Blick auf das Handy! Sandra hat mich sogar mit ihrem Handy betrogen, während sie mit mir im Bett gelegen hat.« Er schenkt sich Wein nach, aber nur sich. Leo hält zwar auffordernd sein Glas hin, aber Thomas ist nur auf sich selbst konzentriert. »Abwechslung! Aufregung! Abenteuer! Ich kann das alles schon nicht mehr hören! Die Zeitschriften, das Fernsehen, das Internet sind voll mit Seitensprung-Programmen und der Love-App und dem ultimativen Partnersuchprogramm, dem Sex-Organisier-Kalender und dem automatischen Bewegungsmelder für Geschlechtsteile! Und sie bieten mir ein Buch nach dem anderen zu dem Thema an. Und meine Frau ist mittendrin! Mittendrin in dieser Welt!«

»Tja, die sitzen auch in meiner Praxis«, sagt Elisabeth. »Das ist diese Shoppingmentalität. Immer auf der Suche nach dem noch besseren Deal. Zuerst denken sie, sie finden etwas Besseres als den Menschen, mit dem sie gerade zusammen sind. Und wenn ihnen dann die Partner davonlaufen, weil es so was wie Vertrauen oder Verantwortung gar nicht mehr gibt, dann sitzen sie plötzlich allein da und heulen und fühlen sich furchtbar enttäuscht und betrogen und verlassen.«

»Sagt die Swinger-Tante mit den seltsamen Urlaubsgeschichten«, entgegnet Sandra. »Ihr seid doch genauso! Sucht doch auch etwas anderes! Aufregung! Begehrtwerden! Warum macht ihr das sonst?«

»Aber wir machen es gemeinsam«, entgegnet Leo.

»Ich will es aber nicht gemeinsam machen!«, gibt Sandra zurück. Sie sieht Thomas an, der auf den Teppich starrt. Thomas … Was ist mit Thomas? Ist er so verletzt, dass er das alles hier vor diesen Menschen ausbreiten muss? »Ihr seid schon sehr selbstgerecht. Alle drei. Wir sind uns eben manchmal selbst am nächsten. So ist die Zeit.«

»Ja, so ist sie«, sagt Elisabeth. Sie steht auf, nimmt Leo an der Hand und sagt: »Komm, wir gehen eine rauchen.« Leo möchte widersprechen, aber sein Aber verschluckt er, als er Elisabeths Blick sieht. Es ist ihr professioneller, ihr therapeutischer Blick. Sie findet, man sollte die beiden jetzt allein lassen, und Leo weiß, wenn sie diese professionellen Anwandlungen hat, gibt es ohnehin kein Entkommen. Also holt er ihren Mantel und seine Jacke. Der Schneesturm hat ein wenig nachgelassen. Auf der Terrasse zündet sich Elisabeth eine Zigarette an. Verstohlen sehen beide über ihre Schultern. Thomas und Sandra schweigen einander an.

Sandra weiß nicht, was sie sagen soll. Thomas tut ihr leid. Wie er dasitzt. Die Hände im Schoß, damit nicht alle sehen, wie er zittert. Thomas, was ist bloß aus uns geworden? Und dann denkt sie wieder an Udo und fragt sich, warum die Gedanken an Udo immer mit so einem Gefühl der Einsamkeit verbunden sind. Am schlimmsten war es, wenn Thomas abends nicht da war und Udo keine Zeit hatte. Wenn sie ganz allein war und mit niemandem reden konnte. Dann saß sie trotzdem vor dem Computer. Udo googeln. Udo Torstensen Bilder … die ganze Galerie rauf und runter, Lesung in Linz, Lesung in Berlin, Vortrag in Leipzig … Sie kontrollierte halbstündlich seine Facebook-Seite, ob er nicht doch online war und ob es neue Einträge gab. Sie küsste sein Facebook-Foto und wischte dann die Lippenabdrücke vom Bildschirm. Sie spürte seinen Facebook-Freunden nach oder besser: seinen Facebook-Freundinnen, die sie mit einer vorchristlichen Inbrunst zu hassen begann. Vor allem die, die gut aussahen. Und wieder zurück zu Google. Eine Sprachdatei, Udos großes

Radiointerview bei der Frankfurter Buchmesse. Sie stellte den Ton ganz laut, legte sich auf das Sofa und hörte seine Stimme. Er hat eine eher tiefe und sehr männliche Stimme, er redet witzig und souverän, charmant und geistreich. Und noch einmal das Interview. Und noch einmal. Sie stellte sich vor, diese sexy Stimme würde Dinge zu ihr sagen, ganz andere Dinge, als er sagte. Sie schrieb abstruse E-Mails, die sie zum Glück nie abschickte. Ihre Oma, die Lippenstift-Oma, hat einmal gesagt, Sandra solle einem Mann immer das Gefühl geben, dass er eine Spur mehr in sie verliebt ist als sie in ihn. Das ist ein weiser Ratschlag, denn die Männer ekeln sich schnell vor Liebesschwüren. Die Frauen übrigens auch. Udo und ich, wir haben das L-Wort nie verwendet. Das sollte unseren Partnern vorbehalten bleiben. Es ist sehr prickelnd, das L-Wort zu vermeiden, wenn man sich liebt, das ist ein bisschen schmerzlich, aber irgendwie elegant. Aufregend. Sandra wusste, wann er mit seiner Frau im Tanzkurs war, und sie fand, der Tanzkurs passte so gar nicht zu ihm, muss eine Art Paartherapie gewesen sein. Sie wusste, wann er am Computer saß und wann mit Kollegen im Kaffeehaus. Sie verfolgte seine Lesungen und Reisen auf Buchmessen auf seiner Homepage. Sie heulte vor Sehnsucht und Schmerz, wenn er ihr zwei Tage keine Nachrichten sandte, und sie nahm sich fest vor, ihm aus Rache ebenfalls zwei Tage lang nicht zu antworten, was sie allerdings nie schaffte. Ihre Großmutter mochte es ihr verzeihen, aber sie wollte nicht taktieren und keine Spielchen spielen, und er hatte jedes Mal authentisch erklärt, dass sein zweitägiges Schweigen gute Gründe hatte und nicht den, sie verrückt zu machen. Sie beneidete ihn darum, dass er das alles irgendwie schreibend verarbeiten konnte, während sie wie eine Kuh herumsaß und nichts wollte als in seine Augen sehen und seine Lippen auf ihren spüren und seinen Körper auf ihrem. Und dann kam diese vernichtende, alles zerstörende SMS, obwohl sie ausgemacht hatten, einander zu sehen, nach der Schule wäre sie zu ihm gekommen, und sie hätten … Sie hätten es so schön haben können! Um sieben Uhr früh schrieb er, es war der 4. Juni: Liebe Sandra, ich kann dich heute leider nicht sehen. Bitte sei nicht böse, Udo. Das war am 4. Juni!! Und seitdem: nichts. Nichts mehr. Ich kann dich heute nicht sehen. Kann. Er kann nicht. Was sollte das heißen? Oh, ich kann nicht! Und warum sollte sie böse sein?! Böse!? Sie war nicht böse, sie war zerstört. Und so von Hass erfüllt über diese lakonische Erklärungslosigkeit, da ist böse ein Hilfsausdruck. Sie schrieb mindestens zwei Dutzend Mails. Zuerst sanft. Ich glaube, ich bin zu dünnhäutig, um deine Schwankungen bei Nähe und Distanz nachvollziehen zu können. Ich habe Angst, dass meine Zuneigung zu dir darunter leidet, denn niemand lässt sich gerne verletzen. Sogar wenn man seiner Putzfrau absagt, liefert man eine kleine Erklärung dazu. Dann drängender: Was ist am 4. Juni um 7 Uhr früh passiert? Plötzlich? Ich wüsste gerne, warum du diese interessante und vielleicht auch schöne Zeit auf eine so verletzende Art beendet hast. Dann ultimativ: Wenn du mir einen Grund sagen kannst, warum ich die Nähe zu jemandem suchen sollte, der Nähe scheut, warum ich mich offenen Herzens einer plötzlichen unerklärten Zurückweisung aussetzen sollte, ich warte noch auf deine Antwort. Als Spielzeug bist du mir zu schade, und ich mir auch. Verschwunden. Ohne Erklärung. Ohne Erklärung!! Dann schrieb sie: Hast du schon an die Möglichkeit einer Psychotherapie gedacht, du gefühlspanischer Bindungsparanoiker? Zuletzt: Ich hasse dich, du defizitärer Borderline-Scheißhaufen!!! Vielleicht haben die anderen ja wirklich recht, denkt Sandra. Vielleicht bin ich verrückt. Vielleicht bin ich die einzige Verrückte hier. Immerhin, sie hat die E-Mails nie abgeschickt. Hat an die Oma gedacht. Würde, hat die Lippenstift-Oma gesagt, ist nicht nur ein Konjunktiv.

Thomas reißt Sandra aus ihren Gedanken. »Du hast viel recherchiert im Internet dieser Tage. Vor allem nachts.«

»Hast du alles gelesen?«

»Ja.«

»Ich habe nie etwas Schlechtes über dich gesagt.«

»Ich hab mich trotzdem nicht gut gefühlt.«

»Ich will mit dir zusammen sein … Hast du das gelesen? Dass ich mit dir zusammen sein will?«

»Der Wortlaut war: Ich werde mit Thomas zusammenbleiben, es ist nur so schwer, dabei nicht zu ersticken.«

»Es war schön, dass mir jemand sagt, dass er mich begehrenswert findet.«

Thomas merkt, dass sein Zittern aufhört. Dafür rinnen ihm jetzt die Tränen über die Wangen. »Ich habe es zu lange nicht mehr gesagt. Dass ich dich begehrenswert finde.«

»Seit drei Jahren nicht mehr, mindestens!«

»Warum hast du mich nicht darauf aufmerksam gemacht?«

»Es ist so demütigend, dass man dich immer auf alles aufmerksam machen muss.«

»Immer?«

»Wo sind sie? Wo sind sie geblieben, diese vielen kleinen Zeichen der Zuneigung? Dass du mich küsst vor dem Einschlafen. Dass du zusiehst, wenn ich meinen BH ausziehe, und irgend etwas Nettes oder Anzügliches dazu sagst. Wann hast du mich das letzte Mal auf die Terrasse geführt, mich in den Arm genommen und mir den Sternenhimmel gezeigt? Du hast mir jahrelang morgens und abends meine Zahnbürste vorbereitet. Mit der Zahnpasta, die ich immer verwende. Erinnerst du dich? Das war schön. Das waren kleine Zeichen, aber wie merkst du denn Liebe sonst? Oder zumindest Zuneigung? Wie, Thomas?«

»Du hast auch aufgehört, mir in der Früh mein Teeglas zu richten.«

»Genau das meine ich, Thomas. Wir haben einander verloren. Das Höchste an Zuwendung war, dass ich dir einen schnellen Kuss auf die Wange gegeben habe, zur Begrüßung. Und du hast mich im Vorbeigehen in den Busen gezwickt, lustig hast du das vielleicht gefunden, aber für mich hat es sich einfach nur lieblos und abwertend angefühlt.«

»Und du hast jeden Orgasmus vorgetäuscht«, versucht es Thomas mit einem Scherzchen.

»Das war nicht nötig, weil wir kaum noch Sex hatten.«

»Haben wir Udo gebraucht?«

Sandra lacht auf. »Gebraucht? Wie meinst du das?«

»In unserer Geschichte. In unserer langen gemeinsamen Geschichte.«

»Ich weiß es nicht, Thomas. Es war halt so. Mit Udo. Und jetzt ist es vorbei.«

»Und was bleibt?«

»Von wem? Von Udo … oder von uns?«

»Von Udo!«

»Eine Rückerinnerung.«

»Es heißt Erinnerung.«

»Bin ich abonniert auf das?«

»Auf Pleonasmen jedenfalls. Worauf sonst?«

»Auf … seltsame Geschichten.«

»Soll ich dir was sagen, Sandra? In dem Augenblick, als ich dir bei unserer Hochzeit den Ring angesteckt habe, habe ich gewusst, ein Teil von dir wird nie zu mir gehören.«

»Und warum hast du mich geheiratet?«

»Ich habe es in Kauf genommen. Ich war optimistisch, dass es gutgehen wird.«

»Das passt gar nicht zu dir, Thomas.«

»Was?«

»Optimistisch zu sein.«

»Stimmt.«

»Ich hab dich doch lieb«, sagt Sandra und sieht dabei zu Boden.

»Ich dich doch auch«, sagt Thomas.

»Fehlt nur noch der Zusatz eigentlich«, sagt Sandra.

Thomas lacht: »Der Satz hätte von mir sein können.«

»Was ist bloß aus unserer Liebe geworden? Aus unserer großen Liebe?« Geblieben ist eine Art Kater, denkt Sandra. Kopfweh, Schwindel und feuchtkalte Hände. »Aber du bist bei mir geblieben. Und ich bei dir.«

»Weil er die Notbremse gezogen hat. Weil seine Frau schwanger geworden ist.«

»Was?« Das war zu laut. Zu laut, dieses Entsetzen. Cool bleiben, Sandra.

»Ich hab's im Verlag gehört, dass er Vater wird.«

»Ja, er hat so was anklingen lassen.« Nur nicht verraten, dass diese Mitteilung ihr das Blut gefrieren lässt. Eiskalte Hände hat sie plötzlich.

»Sie werden nach Neujahr aus Wien weggehen.«

»Aha.«

»Ja, nach Deutschland zurück. Damit Großeltern in der Nähe sind.«

Das ist ziemlich viel auf einmal, aber Sandra möchte jetzt nicht heulend zusammenbrechen. Nicht jetzt, da sie endlich mit Thomas reden kann! Außerdem hat sie mit Udo Torstensen abgeschlossen. Jawohl! Ein für alle Mal! Diese Geschichte ist für sie Vergangenheit. Passé. Fini. Aller Voraussicht nach jedenfalls.

»Ja. Er hat so etwas anklingen lassen«, sagt Sandra noch einmal und denkt: Endlich. Endlich der Ansatz einer Erklärung. Aber muss er mich deshalb wegwerfen wie ein gebrauchtes Taschentuch? »Soll ich jetzt *Ihr Kinderlein, kommet* singen?«, fragt sie.

»Ich finde, es spricht für ihn, dass er in dieser Situation zu ihr steht. Es macht ihn für mich … ein bisschen menschlich. Aber ich hab dir oft genug gesagt, dass der Mann ein egomanisches Arschloch ist. Das kannst du aus jedem seiner Bücher herauslesen.«

»Warum gefällt mir so einer?«

»Das frag ich mich auch. Und es lässt mich ehrlich gesagt an dir zweifeln. Und an mir.«

»An dir?«

»Na wenn dir so einer gefällt, warum gefalle dann ich dir? Oder hab dir zumindest gefallen.«

»Thomas …«

»Ich bin froh, dass die aus der Stadt verschwinden.«

»Wir hätten keine Notbremse gebraucht. Wir hatten von Anfang an alles unter Kontrolle.«

»Was ich gelesen habe, hat aber nicht danach geklungen.«

»Wie konntest du das nur lesen?«

»Du hast mir ja geschrieben. Irrtümlich zwar, aber es war eine Einladung.«

»Aber Thomas …«

»Und ich finde nicht, dass ich mich entschuldigen muss. Und wenn jetzt hier alles in die Luft geflogen ist, dann nur, weil es keine Kontrolle gibt.«

»Gibt es schon.«

»Was hast du vorher zu Elisabeth gesagt? Sex ist unberechenbar. Liebe ist unberechenbar. Du warst vollkommen durch den Wind! Wie kannst du um alles in der Welt sagen: Wir hatten alles unter Kontrolle?«

»Es war doch gut für unsere Beziehung. Teilweise.«

»Ja. Du warst besserer Laune.«

»Wir hatten auch mehr Sex.«

»Ach Sandra …«

»Ich hab nicht an ihn gedacht dabei.«

»Du hast mich nicht nur betrogen, sondern auch belogen.« Thomas sieht Sandra an. Tränen rinnen über seine Wangen.

»Warum hast du mich nicht auf den Mond geschossen?«

»Weil du dann jetzt auf dem Mond wärst.«

»Hasst du mich?«, fragt Sandra schluchzend.

»Nein«, antwortet Thomas.

»Du solltest.«

»Ich liebe dich, Sandra.«

Dritter Teil

1

Der Schneesturm blies mittlerweile mit einer solchen Vehemenz durch die Häuserzeilen, dass Elisabeth und Thomas sich an das Balkonfenster drückten, sonst wären ihre Zigaretten unverzüglich gelöscht worden. Leo hatte es nicht mehr ausgehalten, zitternd vor Kälte war er ins Wohnzimmer zurückgekehrt und hatte Sandras und Thomas' geradezu verzweifelt wirkende Umarmung unterbrochen. Thomas war zu Elisabeth auf die Terrasse gegangen. Eine rauchen. Eine letzte.

»Ihr solltet nicht mehr mit dem Auto fahren«, sagte Thomas. »Ihr habt beide zu viel getrunken.«

»Keine Sorge«, meinte Elisabeth. »Wir nehmen ein Taxi und holen das Auto morgen Vormittag wieder. So gegen elf. Wir könnten zu einem kleinen Brunch bei euch vorbeischauen.«

Thomas sah Elisabeth mit unverhohlenem Entsetzen an. Sie lachte auf. »Keine Sorge, war ein Scherz. Jetzt schau doch nicht so!« Sie wischte ihm über die Augen und drückte ihm einen Kuss auf die Wange. »Wir sehen uns wahrscheinlich nie wieder. Außer, ihr kommt im Paradies vorbei.«

»Im Paradies?«

»Das ist ein Club für aufgeschlossene Paare. Wirklich sehr schön dort, man kann auch einfach nur in die Sauna gehen oder zu Abend essen. Wir kommen so einmal im Monat. Donnerstag ist Pärchentag.«

»Und wie soll ich da reinkommen?«

»Mit Sandra?«

Thomas lächelte ziemlich verkniffen und nahm einen tiefen Zug von seiner Zigarette. Er schaute den Schneeflocken bei ihrem wilden Treiben zu und wagte nicht, Elisabeth anzusehen, als er fragte: »Werden wir das überleben? Sandra und ich? Ich meine, als Paar?«

»Weißt du, in meiner Praxis hab ich momentan nur Leute sitzen, die sich vor Hingabe fürchten. Weil die schmerzlich sein kann. Und chaotisch.«

»Ja, das haben wir bemerkt.«

»Ist aber natürlich die einzige Chance, etwas Schönes zu erleben. Sich hinzugeben. Ist fast ein bisschen wie sterben. Die meisten Menschen verweigern sich dem Leben, weil sie nicht sterben wollen. Aber sie verpassen dabei das Wesentliche.«

»Und du hältst mich für so einen? Für so einen Feigling?«

»Nein, Thomas. Du bist kein Feigling. Kannst du verzeihen? Richtig verzeihen?«

»Ja.«

»Zum Verzeihen braucht man ein großes, mutiges Herz.«

»Wenn du schon alles weißt, dann sag mir wenigstens, was ich tun soll.«

»Liebst du sie?«

»Ja.«

»Dann tu, was du willst. Es wird das Richtige sein.«

Thomas sah Elisabeth an. Er streichelte ihren Arm. Eigentlich hätte er sie gerne umarmt, aber zu großen Gesten, die er als pathetisch empfand, konnte er sich nicht hinreißen lassen. »Würdest du mich als Klienten nehmen? Ich meine, in Therapie?«

Elisabeth prustete los. »Dich? Was fehlt dir denn?«

»Was mir fehlt? Die Antwort auf viele Fragen. Quälende Fragen. Wie oft hatten Udo und Sandra Sex? Küsst er gut? Haben sie im Bett Dinge gemacht, die wir nicht machen? Was wünscht sich Sandra von mir?«

»Und natürlich die Hauptfrage«, sagte Elisabeth.

»Und die wäre?«

»Ist Udos Schwanz größer als deiner?«

Jetzt lachte Thomas. Eines musste man dieser Elisabeth lassen: Sie kannte Männer ziemlich gut.

»Ihr wart in einem Stillstand«, sagte Elisabeth. »Ihr wart tot. Als Paar. Leblos. Du solltest in der Kirche drei Kerzen für diesen Udo anzünden. Aber ich gebe zu, das Aufwachen aus dieser Erstarrung birgt natürlich die Gefahr, dass ihr euch in unterschiedliche Richtungen bewegt.«

»Werden wir es schaffen?«

»Wisst ihr, wie ihr es schafft, ewig zusammenzubleiben?«

Thomas sah Elisabeth tief in die Augen und schüttelte langsam den Kopf. Elisabeth drückte ihre Zigarette aus, legte ihre Hände auf Thomas' Schultern und sagte: »Die Antwort mag banal klingen, aber sie stimmt. Wenn ihr für immer zusammenbleiben wollt, dann trennt euch einfach nicht.«

2

Leo räumte den Geschirrspüler ein.

Den Geschirrspüler einzuräumen ist etwas sehr Intimes, und Thomas würde niemals einen Fremden an seine geliebte Miele lassen. Am Anfang ihrer Ehe hatte er sogar Schwierigkeiten, es Sandra zuzugestehen, die Teller in die Maschine zu stellen. Sie machte das nämlich verkehrt, sie stellte die Teller zuerst vorne hinein und arbeitete sich dann nach hinten, was er indiskutabel fand. Außerdem räumte sie den Geschirrspüler zuerst oben und danach unten aus. Auch darüber konnte Thomas in eine Erregung geraten, als hätte es gerade einen politischen Umsturz gegeben.

Sandra hatte sich angepasst. Ja. Nicht nur, weil sie den Frieden wahren wollte, sondern auch oder vor allem, weil sie eingesehen hatte, dass Thomas recht hatte. Wenn man beginnt, den Geschirrspüler oben auszuräumen, tropft es eben manchmal aus irgendwelchen Tassenunterseiten auf die untere Ebene, und die trockenen Teller werden wieder nass.

Auch wenn Thomas es also nie erlaubt hätte, Sandra selbst hatte kein großes Problem damit, Leo die Arbeit machen zu lassen. Sie sah ihm gerne dabei zu. Er machte das routiniert und genau. Leo hatte ihre Hände gelobt, dabei hatte er selbst wunderschöne Hände. Gute Hände. Starke, große Hände. Gepflegte Hände. Und er bewegte sich so selbstverständlich in der Küche, obwohl er alles andere als ein zierlicher Mann war. Doch in all seinen Bewegungen war er so vorsichtig, dass seine Kraft sich in Zärtlichkeit, in Fürsorglichkeit zu verwandeln schien. Immer wieder sah er sie an. Und wenn sich ihre Blicke trafen, lächelten sie. Beide.

Sandra besorgte den Abwasch. Als Leo sich zur Spüle wandte, um weitere Gläser zu nehmen, drehte sie sich schnell um, gab der Küchentür mit der Fußspitze einen kleinen Schubs, damit niemand hineinsehen konnte, umarmte Leo mit ihren nassen Händen und küsste ihn. Er schien ein wenig überrascht, aber nach einer nicht schrecklich langen Schrecksekunde erwiderte er ihren Kuss. Sandra hatte es gleich geahnt, so etwas spürte sie mit untrüglicher Sicherheit: Leo war ein guter Küsser. Und er begehrte sie! Sie hatte es ja gewusst.

Als sie Stimmen im Wohnzimmer hörten, ließen sie voneinander ab. Sandra sah ihm kurz, aber intensiv in die Augen, gab ihm einen kleinen Klaps auf den Hintern, wischte mit einem Geschirrtuch kurz über die feuchten Flecken auf seinem Hemd und rubbelte dann weiter an dem Topf, der in der Spüle stand.

3

Thomas warf einen kontrollierenden Blick in die Küche. Der Blick galt allerdings nicht Sandra und Leo, sondern dem Geschirrspüler. Was er sah, beruhigte ihn. Immerhin, beim Einräumen des Geschirrspülers konnte er sich auf Sandra verlassen.

»Schatz, ich zieh meinen Mantel gar nicht mehr aus«, sagte Elisabeth. »Zeit zu gehen.«

»Okay«, sagte Leo und zog seine Jacke an. »Na dann.« Er umarmte Sandra und schüttelte Thomas die Hand. »Danke für das gute Essen und den Wein. Und nichts für ungut.«

Thomas streckte Elisabeth ebenfalls seine Hand hin. Sie nahm sie, aber nur, um Thomas an sich zu ziehen und ihm zwei Küsse auf die Wangen zu drücken. Auch Sandra bekam von ihr zwei Küsschen zum Abschied.

»Dann«, sagte Elisabeth. »Macht es gut.«

Und die beiden verschwanden so plötzlich, wie sie gekommen waren.

Thomas und Sandra sahen einander an und lächelten. Bedauernd, ungläubig. Was war da geschehen? Wie konnte das alles passieren? War das alles ein absurder Traum gewesen?

»Wie fühlt sich Eifersucht an?«, fragte Sandra.

»Eifersucht?«, fragte Thomas nach, um Zeit zum Nachdenken zu gewinnen. »Dir ist schlecht … du bist erschöpft, kannst aber nicht schlafen, glaubst, dass du durchdrehst, du möchtest heulen wie ein Kind, dem man sein Spielzeug weggenommen hat, und gleichzeitig einen möglichst blutigen Mord begehen, wobei du zwischen ihr, ihm, beiden und dir selbst schwankst. Am besten wäre, du bringst dich selbst um, aber es ist nicht sicher, ob du die Reue genießen kannst oder ob die beiden auf deinem Grab tanzen werden …«

»Ach, Thomas … Es tut mir so leid.«

»Aber ich glaube, das war nicht Eifersucht. Nein. Einfach eine tiefe Verletzung. Du trinkst ein Glas Rotwein und dann noch eines und dann die ganze Flasche, und du bist total allein im großen Universum.«

Sandra umarmte ihn und spürte, wie sich sein Brustkorb hob und senkte, wie sein Herz aufgeregt pochte. »Und ich weiß schon, was Elisabeth sagen würde«, fuhr Thomas fort. »Dass Eifersucht kein eigenes Gefühl ist. Nicht wie Liebe. Eifersucht setzt sich zusammen aus Kontrollverlust, Rachsucht, Selbstmitleid, Besitzdenken, kindlichen Verlassenheitsängsten und, und, und.«

Sandra drückte ihn fester an sich. »Es tut mir so leid …«

»Elisabeth würde sagen, es geht um Besitz«, sagte Thomas. Und wiederholte sich, wie Betrunkene es gerne machen. »Dass Eifersucht gar kein richtiges Gefühl ist, sondern Besitzdenken.«

»Na und?«, fragte Sandra. »Das ändert ja nichts für das Einzelindividuum.«

Thomas hob nur ratlos die Schultern. Er ersparte sich sogar die Bemerkung, dass ein Individuum ohnehin einzeln ist.

»Ich meine ja nur«, sagte Sandra. »Am Gefühl ändert es nichts. Hüft jo ned, würde meine Mutter sagen.«

»Wie?«

»Es hilft ja nichts. Jeder ist so, wie er ist.«

»Aber jeder kann sich auch verändern, Sandra. Und zwar zum Guten, zum Gelungenen hin! Und ich möchte keinen Partner im Internet finden, und ich will auch keine aufregenden Dates haben! Ich will keine One-Night-Stands, keine Affären, ich will mit keiner anderen flirten! Ich möchte mit einem Menschen meinen Alltag teilen, und ich möchte einen Menschen umarmen, und ich möchte jeden Tag die Haut von einem Menschen spüren, und dieser Mensch bist du, Sandra!«

»Du bist so lieb, Thomas. Und so außergewöhnlich.«

»Das mag vielleicht langweilig klingen, aber ich will keine fremde Haut spüren! Ich will die gewohnte Haut spüren!«

Aus irgendeinem Grund begann die Musik plötzlich wieder. Sandras Handy machte oft merkwürdige Dinge. Die alten Herren aus Kuba begannen zu schmachten: Dos gardenias para ti, con ellas quiero decir, te quiero, te adoro, mi vida …

»Ich weiß einfach, dass du die Frau bist, mit der ich mein restliches Leben verbringen will. Auf die ich mich freue, den ganzen Tag lang. Mit der ich am liebsten jeden Tag und jede Nacht verbringe. Die einzige, mit der ich küssen, kuscheln und schlafen will. Die einzige, der ich alles erzählen will. Der Mensch, ohne den ich nicht leben will. Vielleicht sogar nicht leben kann.«

»Aber das bist du doch für mich auch!«, sagte Sandra.

»Ich weiß es … Aber … Aber warum verhältst du dich dann nicht so? Wie kannst du an einem Abend sagen, ich bin der Mensch, mit dem du den Rest deines Lebens verbringen willst, und am nächsten Tag läufst du wie ein junger Hund dem Erstbesten hinterher, der interessant riecht oder aussieht?«

Sandra wusste keine Antwort darauf. Sie hatte – im Rahmen ihres Studiums und aus echtem Interesse – zahlreiche Bücher mit Titeln wie »Erkenne dich selbst« oder »Die Kunst, der Stille zu lauschen« oder »Entscheidungen richtig treffen« gelesen. Aber warum sie an einem Tag so fühlte und an einem Tag ganz anders, das konnte sie immer nur mit einem Föhneinbruch, einem Menstruationszyklus oder einer Mondphase erklären. Also nicht. Sie hatte sogar einmal ein einschlägiges Seminar besucht, und sie konnte sich noch so genau an die Worte der Vortragenden erinnern: »Geh in die Stille und horche in dich hinein. Du wirst deine innere Stimme finden. Vertraue ihr. Sie ist nicht darauf ausgerichtet, dich ins totale Desaster zu führen.«

Doch sosehr sie sich auch bemühte, Sandra fand keine innere Stimme, beziehungsweise ganz viele innere Stimmen, die einander alle in einem wüsten Durcheinander widersprachen. Meditation und Stille machten sie ohnehin nur nervös. Und so war das Einzige, was nach allen Anstrengungen der Selbstfindung bei ihr hängengeblieben war, die Wortkombination »totales Desaster«.

»Und weißt du«, sagte Thomas und legte seine Hände auf Sandras Taille, »ich mag diesen jungen Hund in dir. Er meint es ja nicht böse. Er ist neugierig. Er möchte etwas erleben. Aber bitte … bitte Sandra: Verarsch mich nicht mehr.«

»Es tut mir so leid, Thomas.«

»Ich habe gestern in einem Roman einen schönen Satz gelesen, er lautet: Ruhig wird das Herz erst, wenn wir geworden sind, was wir sein sollen.«

Sandra umarmte Thomas stürmisch und begann, ihn wild zu küssen. Das Ungestüme erinnerte ein wenig an den in ihr herumtollenden jungen Hund. Und es zeugte davon, dass Sandras Herz alles andere als ruhig geworden war.

Es läutete an der Tür. Ebenso ungestüm.

Thomas und Sandra sahen einander fragend an. Thomas drückte den Knopf der Gegensprechanlage.

»'tschuldigung, wir sind ein bisschen spät dran.« Eine Männerstimme mit leichtem Zungenschlag. »Es wär wegen dem Bett. Wir holen jetzt das Doppelbett.«

Thomas sah Sandra in die Augen. Dann sagte er in die Gegensprechanlage, so ruhig er es konnte: »Sie können zwei Einzelbetten haben. Aber sicher nicht heute.«

»Wir kommen wegen dem Doppelbett!«

»Es heißt wegen des Doppelbetts. Und das Doppelbett steht nicht zur Disposition. Wir geben es nicht her! Wir brauchen es selbst!!«

Thomas machte die Gegensprechanlage aus. Es läutete noch einmal, aber dann war der Spuk vorbei. Thomas lächelte zufrieden.

»Ich habe nachgedacht«, sagte er. »Weißt du, wie wir es schaffen, für immer zusammenzubleiben?«

»Sag.«

»Wir trennen uns einfach nie.«

4

Elisabeth hatte sich bei Leo eingehängt. Sie stapften durch den tiefen Schnee in Richtung Hauptstraße.

»Es gibt schon seltsame Leute«, meinte Leo.

»In der Tat«, bestätigte Elisabeth.

»Weißt du was? Sie hat mich in der Küche geküsst.«

»Wer?«

»Sandra!«

»Nicht wahr!«

»Doch, sie ist regelrecht über mich hergefallen!«

»Und wic war's?«

»Eigentlich ganz gut. Hätte doch ein sexy Abend werden können«, sagte Leo schmunzelnd.

»Und, hast du Lust … Gehen wir noch zu den anderen?«

»Zu welchen anderen?«

»Na zu denen, die in Haus 2, Top 8 wohnen.«

»Ist aber nicht dein Ernst.«

»Nein, Leo, eh nicht. Rufst du uns ein Taxi?«

»Ach, so viel hab ich nicht getrunken, ich kann noch …«

»Du rufst uns jetzt ein Taxi.«

Leo seufzte, aber er wusste, dass Elisabeth recht hatte, also wählte er die Nummer des Funktaxis.

»Acht Minuten«, sagte er. »Kein Wunder, es ist Weihnachten. Und es schneit.«

»Dann kann ich ja noch eine rauchen.«

»Eine Dame raucht nicht auf der Straße.«

»Ich weiß. Das sagt deine Mutter.«

»Elisabeth?«

»Ja?«

»Möchtest du mich heiraten?«, fragte Leo.

»Warum willst du mich heiraten? Liebst du mich nicht mehr?« Elisabeth lachte.

»Ganz im Gegenteil.« Leo war absolut nicht zum Scherzen zumute.

Elisabeth sah Leo fassungslos an. Sie vergaß glatt ihre Zigarette. Über das Heiraten hatten sie noch nie gesprochen. Noch nicht einmal nachgedacht. Jedenfalls sie nicht. Peter kam ihr in den Sinn und der Gedanke, dass sie eigentlich verheiratet war. Aber das stimmte nicht. Sie war so froh, dass es Leo gab in ihrem Leben. Und dass die Zeit vorbei war, in der sie ein schlechtes Gewissen gehabt hatte, glücklich zu sein. Es war kein Verrat mehr für sie. Jetzt und in der Vergangenheit – es ist dieselbe Liebe … Es gibt ja nur eine!

Sie standen unter einer Laterne am Rand der Straße. Auf ihren Schultern lagen kleine, leichte Polster aus Schnee. Elisabeth nahm Leos Hände in ihre.

»Ach Leo, mein Schatz«, sagte sie. »So gerne … So wahnsinnig gerne möchte ich dich heiraten.«

5

Sandra und Thomas bewunderten den Weihnachtsbaum. Die Kerzen brannten. Die des Weihnachtsbaums und die im gesamten Raum verteilten Teelichter. Stille Nacht, heilige Nacht, sang leise ein Kinderchor.

Thomas und Sandra hielten einander fest umarmt. Beide zitterten am ganzen Körper.

»Kann man diese Glocken eigentlich essen?«, fragte Thomas nach einer Weile. »Die Glocke symbolisiert nämlich das Helle, das Himmlische. Außerdem erinnert sie in ihrer perfekten Form …«

Sandra kicherte. »Die Glocken kann man nicht essen. Aber die Nüsse. Allerdings sind Nüsse schwer zu knacken. Sie stehen für das Geheimnis. Für das Rätselhafte, das Dunkle.«

Doch nun erfüllten helle Stimmen den Raum: Jingle bells, jingle bells, jingle all the way …

»Und? Waren das die schönsten Weihnachten unseres Lebens?«, fragte Sandra.

»Unvergesslich waren sie auf jeden Fall«, meinte Thomas.

»Kommt mir vor, als wäre das alles irgendwie vorprogrammiert gewesen«, sagte Sandra.

»Programmiert«, korrigierte Thomas. »Pro bedeutet schon vor. Vorprogrammiert ist ein Pleo …« Thomas wurde durch Sandras Lachen unterbrochen.

»Ich hab dich wieder drangekriegt!«, freute sich Sandra. Sie begann, die Kerzen auf dem Weihnachtsbaum auszublasen. Thomas half ihr dabei.

»Und die Geschenke?«, fragte er.

»Die Geschenke, die wir angeblich nicht haben? Ich würde sagen, die überreichen wir uns morgen.«

Nach den Kerzen kamen die Teelichter dran. Eines nach dem anderen erlosch, es wurde dämmriger und dämmriger im Wohnzimmer.

Jingle bells, jingle bells, jingle all the way …

»Oh what fun it is to ride …«, summte Thomas. Und er sah heute sehr genau zu, als Sandra ihren BH auszog.

»Ach Sandra«, sagte er.

»Komm, Thomas«, sagte sie. »Wir sollten dieses Doppelbett testen. Das stand heute den ganzen Abend im Mittelpunkt, da muss etwas dran sein.«

Sandra nahm Thomas an der Hand. Auf dem Weg ins Schlafzimmer blies sie die letzte Kerze aus.

Autor

René Freund, geboren 1967, lebt als Autor und Übersetzer in Grünau im Almtal. Er studierte Philosophie, Theaterwissenschaft und Völkerkunde. 1990 hängte er seinen Job als Dramaturg am Wiener Theater in der Josefstadt an den Nagel und veröffentlicht seitdem regelmäßig Hörspiele, Sachbücher, Theaterstücke und Romane.

René Freund im Goldmann Verlag:

Liebe unter Fischen. Roman
Niemand weiß, wie spät es ist. Roman
Ans Meer. Roman
Swinging Bells. Roman

GOLDMANN
Lesen erleben